사랑에는 사랑이 없다

문지 에크리
사랑에는 사랑이 없다

초판 1쇄 2019년 7월 9일
초판 13쇄 2024년 11월 12일

지은이 김소연
펴낸이 이광호
주간 이근혜
편집 박선우 이민희 조은혜 김필균
펴낸곳 ㈜문학과지성사
등록번호 제1993-000098호
주소 04034 서울 마포구 잔다리로7길 18(서교동 377-20)
전화 02)338-7224
팩스 02)323-4180(편집) 02)338-7221(영업)
전자우편 moonji@moonji.com
홈페이지 www.moonji.com

ⓒ 김소연, 2019. Printed in Seoul, Korea

ISBN 978-89-320-3550-5 03810

이 도서의 국립중앙도서관 출판예정도서목록(CIP)은 서지정보유통지원시스템 홈페이지
(http://seoji.nl.go.kr)와 국가자료공동목록시스템(http://www.nl.go.kr/kolisnet)에서
이용하실 수 있습니다. (CIP제어번호: CIP2019025159)

사랑에는 사랑이 없다

김소연

문학과지성사

차례

4 나는 나와 나 사이에 있는, 신이 망각한 빈 공간

사랑의 적들

사랑에 대한 산문을 쓰겠다는 말을 누군가에게 하면, 둘 중 하나는 표정을 찡그리거나 눈을 동그랗게 뜨고 반응한다. 왜 사랑 타령을 하느냐며 이해할 수 없다는 얼굴이다. '멜로melo'적인 사랑 타령이겠거니 지레 거부감을 드러낸다. 식상해서 도저히 흥미를 느끼지 못하겠다는 표정임에 틀림없다.

멜로. 원래는 '노래'라는 뜻의 그리스어다. 멜로드라마는 노래가 곁들여진 연극이 그 기원이다. 프랑스혁명 이후부터 흥행하기 시작한 멜로드라마는 기존의 정통극과 달리 통속성과 오락성을 내세우기 시작했다. 이 통속성과 오락성은 멜로드라마와 떼려야 뗄 수 없는 관계가 되었다. 스토리텔링에서 '사랑'이라는 주제는 이후로 대중이 가장 잘 몰입하고 가장 손쉽게 음미하는 소재가 되었다.

멜로드라마처럼 사랑을 도구로 삼아 사랑을 소비해온 문화들을 우선 사랑의 적敵으로 간주해야 한다. 사랑을 낭만적 영역이라 치부하고 탐구를 외면해온 시선 역시 사랑의 적으로 간주되어야 한다.

멜로드라마의 세례를 받고서 허구적인 사랑 놀음에 함께 웃고 함께 우는 사이에, 우리는 그와 비슷한 격정적인 감정만을 사랑이라며 동경해왔다. 심장이 짜릿한 설렘과 심장이 저릿한 통증을 함께 겪고 싶다고 막연하게 사랑을 꿈꾸지는 않았을까. 거기에 어떤 약속과 어떤 책무가 뒤따르는지에 대한 예상은 그다음 순위의 관심으로 미뤄놓지는 않았을까.

사랑도 상품에 불과하다. 역사라는 컨베이어 벨트에서 사회가 생산해낸 상품이다. 사랑에서도 재고 정리가 한창이고, 토크쇼, 신문, 잡지는 전통적인 사랑의 규범을 떨이로 팔아 치우고 있다.°

° 볼프강 라트, 『사랑, 그 딜레마의 역사』, 장혜경 옮김, 끌리오, 1999, p. 315.

그리스 로마 시대에서부터 중세와 르네상스를 지나, 바로크와 로코코와 낭만주의를 지나, 니체와 프로이트를 지나, 사랑의 개념이 어떻게 다른 옷을 갈아입으며 생산되어왔는지를 탐구한 볼프강 라트도 '닫는 글'에서 최근까지의 사랑을 위와 같이 초라하게 요약하고 있다.

우리는 사랑도 소비한다. 사랑의 대상을 물건 고르듯이 선택할 수 있는 시스템, 데이트를 하고 프러포즈를 하는 과정을 수순대로 해낼 수 있도록 마련된 상술商術, 결혼을 하고 아이를 낳고 키우는 과정에서 거쳐야 하는 의례를 둘러싼 산업들. 도리스 레싱은 1941년 즈음에 쓴 자신의 에세이에서 다음과 같이 술회했다.

당시에 둘째를 낳는 건 *시대정신*이었다. 우리 주위에 있는 젊은 부부들은 하나같이 이렇게 말했다. "아이 하나 더 낳자. 젊을 때 다 끝내버리는 거야."○

○　도리스 레싱, 「나의 속마음」, 『분노와 애정』, 모이라 데이비 엮음, 김하현 옮김, 시대의창, 2018, p. 23.

소비자본의 소비 논리를 따라서 우리가 사랑을 완수해왔음을 고백하는 경우는 이 밖에도 무수하다. 사랑을 할 줄 안다는 것이 사랑을 소비할 줄 안다는 것과 같은 맥락에서 작동되었다. 이렇게 사랑의 적을 따라가며 사랑을 완수하고 있으니, 사랑에 대한 이야기가 새로울 리 없다. 그럼에도 불구하고 사랑을 주제로 소설과 시가 끊임없이 새로 씌어지는 이유는 무엇일까. 심리학자와 사회학자, 철학자와 과학자가 서로의 영역에서 사랑의 실체에 대하여 탐구하고 사유하려 하는 것은 무슨 까닭일까. 새로울 것이 없다는 편견 속에 갇힌 채, 더 이상 사유할 필요를 못 느낀다는 데에서 그 가치를 발견한 것은 아닐까. 누군가는 이성애 중심과 남성 중심의 오래된 권력을 지켜주는 마지막 보루로 간주하여, 사랑을 언제나 새로이 포장해온 것은 아닐까.

나는 사랑에 무능력했던 나의 경험들이 사랑에 대한 무지와 두려움에서 기인되었다고 생각해왔다. 언젠간 이 두려움과 정면으로 마주하고 싶다고 생각했다. 그러기 위해서, 사랑을 멜로로 연결 짓고 식상해하던 습관이 사랑에 대한 결례라는 걸 우선 알아채야 했다. 사랑의 적들은 사랑의 반대편에 있지 않고 사랑의 내부에 매복해 있다는 것도 알아채야 했다. 사랑의 적들이 겹겹이 덧씌워진 채로 사랑은 본래의 얼굴을 잃은 지 오래되어 보였다. 사랑에 대하여 무지한 채로도 사랑을 했던 나 같은 이들이, 사랑으로부터 소외되는 것으로써 사랑을 소외시켜왔던 것이다.

1

피부에 새겨온 것들

정말 알고 싶어서 묻는, 사랑에 대한 질문 하나

'사랑'이라는 말을 '설렘, 두근거림, 반함' 같은 말로 곧바로 번역하는 사람들을 그녀는 싫어했다. 사랑이 주는 달콤함만을 취한 채 그 어떤 노력도 기울이지 않을 사람들로 보였다. 사랑으로부터 비롯될 고민과 문제와 시련을 감당할 준비가 되어 있지 않을 거라고 예상했다. 그녀는 혹여라도 그런 사람과 사랑하게 될까 봐 경계했다.

물론 설렘과 두근거림과 반함을 싫어할 사람은 없다는 걸 안다. 그녀도 설렘과 두근거림과 반함을 좋아하지 않을 수 없는 사람이다. 그러나 설렘과 두근거림과 반함은 한순간의 일이라는 사실을 그녀는 주의 깊게 고려했다. 설렘이 성장하여 든든함이 되고, 두근거림이 성장하여 애틋함이 되고, 반함이 성장하여 믿음이 되는 시간의 순례를 함께 겪어야만 그녀는 비로소 사랑이라고 받아들였다. 순례의 여정에서 겪는 무수한 오해와 격심한 허탈과 지난한 다툼이 반드시 사랑에 대한 지혜 앞으로 그녀를 데려다놓는 건 아니라는 걸 그녀도 잘 안다. 그럴 때의 참담함을 잘 안다. 그렇게나 고통을 자처하는 일이 과연 사랑이라 할 수 있을까. 그렇게까지 해서 누려야 하는 게 사랑이라면 누가 사랑을 시작할까. 그럼에도 불구하고, 그 모든 걸 다 예감하면서도, 굳은 결의처럼 시작한 사랑이 있다면 그녀는 그 사랑의 편을 들고 싶어 했다. 그런 사랑을 해서, 비록 그 끝에서, 지울 수 없는 상처와 독한 후회와 짙은 참회로 만신창이가 되었다 하더라도, 그런 사람은 비로소 사랑할 자격을 얻은 사람이 된 거라고 생각해왔다.

설렘으로 시작하여 한순간을 보낸 이후, 그 모든 오해와 허탈과 다툼을 그녀도 다 통과해보았다. 그래서 안온했고 미더웠다. 창밖 우람한 나무의 이파리가 언뜻언뜻 유리창에 비치는 듯한 느낌으로, 영원이라는 게 그녀를 둘러싼 공간에 언뜻거린다고 느껴본 적도 있었다. 설렘이 사라진 그 자리에 뿌듯함이, 두근거림이 사라진 그 자리에 안정감이, 반함이 사라진 그 자리에 눈물겨움이 그녀를 에워싸주었다. 마치 대단한 축복처럼.

그게 다였다. 그 너머에서 그녀가 어떤 새로운 경지에 접근되는 것은 마치 신의 영역을 탐하는 것인 양 허락이 되질 않았다. 어떤 새로운 경지가 나타나야 할 즈음에 그녀는 번번이 권태와 싸워야 했다. 그녀의 권태와도 싸워야 했지만, 그녀가 사랑하는 사람이 권태의 지배를 받고 행하는 모든 무심하고 아둔한 결례와도 싸워야 했다. 그 싸움은 격렬한 것이 아니라, 안으로 파고들어 살 안쪽을 곪게 하는 일처럼 묵묵하게 두 사람을 곪게 했다. 고름이 뚝뚝 떨어지는 한 영혼과 한 영혼이 마주 앉아 식사를 하고 청소를 하고 산책을 했다. 마주 앉아 있었고 손을 잡고 걸었지만, 대화는 활기를 잃었다. 먹지를 댄 낙서처럼, 대화는 언제나 그게 그거였다. 대화에 활기와 긴장이 찾아드는 순간은 누구 한쪽에서, 혹은 두 사람에게, 위기가 찾아온 때뿐이었다. 위기 따위에 흔들리는 관계가 더 이상 아니었기 때문에, 그 새롭고도 심각한 대화를 통하여 더욱 단단해진 믿음과 더욱 깊어지는 이해를 맛보는 건, 예외로 따라온 행복이었다. 그러나 역시 그게 다였다. 좀 더 다른 행복감을 알게 된 것은 축복이었지만, 축복은 거기까지였다.

세상에서 유일무이한, 단 한 사람과의 사랑은 우정과 더 닮아갔다. 그러나 우정이 그럴 리는 없었다. 어떤 위기가 와도 두 사람의 대화엔 상투성이 끼어들었다. 힘내. 사랑하는 거 알지. 난 언제나 네 편이야. 우리는 잘할 거야. 듣기만 해도 힘이 되었던 말들은 상투성에 갇혀 효력을 잃었다. 효력을 담은 새로운 위로의 말을 고안할 만큼의 여유는 없었다. 믿음과 든든함이 뼈 안에 각인되어 있었기에 괘념치 않을 수는 있었다. 그 사람이 곁에 있다는 것만으로 충분했다. 곁에 누군가가 가만히 있어주기만 해도 행복할 수 있었다. 그때 그녀는 전혀 짐작해본 적 없는 생경한 사건과 만났다.

주체의 고독은 그가 주인이 된 〈존재한다〉는 사실과의 관계에서 생겨난다. 존재에 대한 이러한 지배는 시작할 수 있는 능력, 곧 자신으로부터 출발할 수 있는 능력이다. 자기 자신에게서 출발한다는 것, 그것은 행위하기 위한 것도 사유하기 위한 것도 아니며 오직 존재하기 위한 것이다.°

그녀는 스스로의 주인으로 존재할 수 있는 시간이 항상 모자랐다. 사람이 한 사람의 그림자로 존재하는 사건을 더 자주 겪었다. 한 사람이 한 사람에게 생생하게 존재하는 한 사람이 아니라, 다만 거기 있을 뿐인 그림자가 되는 일. 그녀가 왼팔을 들면 왼팔을 들고 그녀가 오른발을 내디디면 오른발을 내디디는 검은 그림자. 친구가 없어 혼자 그림자와 그런 식으로 놀아보았던 유년 시절의 고독했던 시간 같은. 아무도 곁에 없어서 느끼는 고독에

○   에마누엘 레비나스, 「제3강」, 『시간과 타자』, 강영안 옮김, 문예출판사, 1996, p. 71.

비해 누군가가 곁에 있음에도 불구하고 느끼는 고독은 비루했다. 그녀가 그녀를 어딘가에 흘리고 온 듯했다.

그녀가 그토록 거부해왔던 것들이 실은 사랑의 본령이 아닐까 그녀는 생각하게 되었다. 사랑이란 '설렘, 두근거림, 반함' 이 정도가 전부인 것은 아닐까,라고. 그 자그마한 세계가 겨우 사랑은 아닐까 하고. 그것만이 순결하고 아름답고 환한 사랑의 순간일지도 모른다고 생각했다. 그 이후의 모든 절차는 사랑의 사망을 향해 가는, 지난한 애도의 절차 같기만 했다.

사랑의 그다음 차례를 짐작해보려 할 때마다, 짐작한다는 그 자체가 사랑에 대한 결례는 아닐까 망설여졌다. 죽음에 대하여 말하는 살아 있는 사람들의 이야기처럼, 경험 너머의 어떤 세계와 감응하려는 불가능한 제스처에 불과한 것인지도 모른다고 여겼다. 어쩌면 인간의 사랑은 그냥 거기까지인 것 같았다. 사랑에 대해 더 이상의 생각을 멈추는 게 사랑에 대한 예의를 갖추는 건 아닐까 싶었다.

　세상에서 사람이 비루해지거나, 사람 앞에서 세상이 비루해지는 걸 자주 목격했다. 사랑이 그 비루함을 어떻게든 구원할 수 있다고 여겼다. 사랑의 뒤꽁무니를 좇는 사랑이 아니라, 사랑이 끝나면 다른 사랑을 이어가면서, 사랑에 의해 사람이, 혹은 사람에 의해 사랑이 마모되는 류의 사랑이 아니라, 단 하나의 사랑을 인간은 어떻게 다루어야 하는지에 대해 그녀는 알고 싶었다. 어떻게 사랑을 시작하는지가 아니라 어떻게 사랑을 완성하는지를. 사랑의 무수한 결을 차곡차곡 조심스레 펼쳐서 잘 키워갈 줄 아는 사람이 되고 싶었다. 사랑의 기쁨을 만끽하기에 인간의 삶은 너무 길고, 사랑을 온전히 이해하기에 인간의 삶은 너무 짧은 것 같았다.

둘 다 같은 일

인식의 허망함을 아는 인식 외에 다른 진실한 인식은 없으며, 인식된 허망함은 진실의 유일한 내용이 된다.°

"이제 우리 헤어지는 게 어때."

합정역 2번 출구 모퉁이, 뚜레쥬르 빵집의 테라스에 앉아서 샌드위치를 한입 베어 물며 그녀가 먼저 말했다. "좋아." 빨대로 올라오던 아이스커피를 꼴깍 삼키고서 그가 말했다. 활짝 웃었다. 그녀도 덩달아 웃었다. "좋은가 보네." 그 앞에서 그녀가 가장 자주 짓던 표정을 지었을 것이다. "좋지. 안 좋을 이유가 없지." 그도 그녀 앞에

○ 이성복, 『프루스트와 지드에서의 사랑이라는 환상』, 문학과지성사, 2004, p. 77.

서 가장 자주 짓던 표정을 지었다. 옷차림이 가벼워진 사람들이 지하철 출구에서 쏟아져 나왔다. 어떤 사람은 건너편 만두 가게 앞에 서서 어묵을 집어 먹었고, 어떤 사람은 성큼성큼 걸어 저쪽 사람을 향해 손을 흔들었다. 어떤 사람은 집을 향해 걸었을 것이고 어떤 사람은 약속 장소를 향해 걸었을 것이다. 쏟아져 나오는 사람들을 스쳐 지나가며 어떤 사람들은 2번 출구 속으로 사라졌다. 여럿이 나란히 재잘대며 걷는 사람들도 있었고, 혼자서 이어폰을 귀에 꽂고 빠르게 걷는 사람도 있었다. 누군가는 집에 가기 위해 지하철을 타러 들어갈 것이고, 누군가는 약속 장소에 가기 위해 그럴 것이다. 번잡한 거리에서 샌드위치와 아이스커피를 다 먹을 때까지, 샌드위치와 아이스커피에 대해 한두 마디를 더했다. 그는 늘 들고 다니는 부채를 흔들며 집에 가기 위해 버스 정류장을 향해 천천히 걸어갔다. 그녀도 늘 들고 다니는 천 가방을 어깨에 걸고서 약속 장소에 가기 위해 지하철을 타러 내려갔다. 뚜레쥬르에 갈 때까지만 해도 그녀는 헤어지자는 말을 꺼낼 생각을 하지 않았다. 테라스에 앉아서 새로운 계절에 가미

된 선선한 바람을 맞다가 불쑥 꺼낸 말이었다. 날씨가 달랐다면 꺼내지 않았을 수도 있고, 테라스가 아니었다면 생각지 못했을 수도 있다. 그렇지만 그 이후로 그들은 정말로 헤어졌다. 깔끔하게 아주 잘 헤어졌다. 신중하게 했던 말마저 자주 번복을 하며 오랜 세월을 함께한 사이지만, 가장 가볍게 건넨 말을 그들은 가장 간단하게 지켰다.

*

영화관에서 누구 하나가 턱을 괴며 졸고야 마는 불상사를 막기 위해서, 그들은 같은 영화관에서 다른 영화를 따로 보았다. 속 시원하게 질주하고, 숨이 막히는 긴장감에 아드레날린이 솟구치는, 블록버스터 영화를 그는 보러 갔다. 그녀는 어마어마한 제작비를 장면마다 뿌려대는 게 보여서 그런 영화는 싫어했다. 벌레가 피부를 기어 다니는 것만 같은 기분이 든다며 그가 싫어하는, 있는 그대로의 인생을 신랄하게 보여주는 느리고 우중충한 영화를 그녀는 보러 갔다. 서로 다른 영화를 보고 나와서 한 사람이 한 사람을 기다려 함께 밥을 먹으러 갔다. 매번 둘 중 하나는 기분 좋게 먹고 둘 중 하나는 마지못해 먹는 메뉴를 고를 수밖에 없었어도, 그것에 대해 번갈아가며 기꺼이 양보를 했다. 그는 신나게 영화 이야기를 했고, 그녀는 심각하게 영화 이야기를 했다. 그가 한껏 들떠 있는 시간에 그녀는 완전히 가라앉아 있었다. 그는 한껏 분비된 아드레날린이 순식간에 폐기되는 아쉬움을 겪어야 했다.

그는 낯선 사람들에게 친절했고, 가까운 사람들에게 무심했다. 그녀는 낯선 사람들에게 무심했고, 가까운 사람들에게만 친절했다. 그것 때문에 한 사람은 자주 섭섭했고 한 사람은 자주 미안했다. 한쪽이 섭섭할 때에 한쪽이 미안한 마음이 들지 않는 경우도 많았다. 그럴 때에는 심하게 다투었다. 그녀는 해명을 많이 하는 편이었고, 해명이 자세할수록 그는 변명으로 받아들였다. 그는 해명하지 않는 편이었고, 그녀는 그것을 변명조차 할 수 없는 명백한 과오라고 자주 단정 지었다. 그녀는 그의 가족들의 문제점에 적응하지 못했고, 그는 가족들의 문제점을

인지하지 못했기 때문에 그녀의 부적응 상태를 고쳐보려 무던히도 애를 썼다. 그 역시 그녀 가족들의 문제점에 적응하지 못했다. 그녀가 이미 인지하고 포기하고 있는 부분들이 그에 의해 자주 들춰지는 것을 그녀는 싫어했다. 어느 쪽이든 가족들과 만나는 날에 그들은 번번이 심하게 다투었다.

그는 딱딱한 바닥에서 잠을 자는 것이 익숙했고, 그녀는 푹신한 침대에서 잠을 자는 것이 익숙했다. 그는 밥을 좋아했고, 그녀는 밥이 아닌 음식들을 더 좋아했다. 그는 사용한 물건을 제자리에 반드시 갖다 놓아야지만 하던 일에 집중할 수 있었고, 그녀는 이것저것 필요한 물건들이 손에 닿는 데에 놓여 있어야지만 일을 할 때에 몰입할 수 있었다. 그는 어지르지 않았으므로 청소를 할 이유가 없었다. 그녀는 실컷 어지르고 나서 하는 대장정의 청소를 좋아했다. 그는 국악을 좋아했고, 그녀는 국악이 아닌 모든 음악을 좋아했다. 그는 돈을 버는 것도 쓰는 것도 싫어했고, 그녀는 돈을 버는 것도 쓰는 것도 좋아했다. 그는 일을 빨리 하는 것을 좋아했고 그녀는 일을 꼼꼼히 하는 것을 좋아했다. 그는 다양한 일을 많이 하는 것을 좋아했고, 그녀는 한 가지 일을 완벽하게 하는 것을 좋아했다. 여행을 함께하면, 그는 많은 도시를 섭렵하길 좋아했고 그녀는 한 도시에 오래 머무는 것을 좋아했다. 한 사람이 한 사람을 항상 의아해할 수 있어서 나쁘진 않았지만, 한 사람이 한 사람을 참고 견디고 있다는 괴로움이 항상 잠복해 있었다. 잠복기가 회복기를 갈망할 즈음에는, 노력을 해야 하지 않느냐고 다투게 되었다. 노력을 해야 한다며 다그치다 시작된 다툼은 다그치기보다는 이해해주어야 한다는 합의를 만들며 명쾌하게 종료되곤 했다. 노력을 했지만 지속성이 떨어졌고, 애써 이해를 했지만 기억력이 짧았다. 노력과 이해가 습관처럼 저절로 몸에 배게 되는 세월이란 것이 그들에게도 찾아올 것을 믿었다. 세월이 오래 흘러 노력과 이해 없이 저절로 익숙해질 때까지, 그는 그녀를, 그녀는 그를 이상한 사람으로 바라보았다. 이상해서 흥미로운 사람으로 내버려두기로 했다.

　사람들은 자주 그들을 비교했다. 그들을 앞에 두고도 비교를 했다. 얘는 잘나가는데 왜 너는 그러고 있니, 하고 물어왔다. 너는 얘가 정말로 좋은 사람이라고 생각하니, 하고 물어왔다. 그들은 다른 이유로 그 말을 함께 불편해 했다. 사람들과 같이 있는 자리를 피하는 게 상책이라며, 어떤 모임이든 대표 1인만 참석하기로 원칙을 정하기도 했다. 그 후로 사람들은 그녀를 보면 그녀의 안부가 아닌 그의 안부부터 물었고, 그를 보면 그의 안부가 아닌 그녀의 안부부터 물었다. 그를 더 자주 만나는 사람들은 그녀에 대해 좋지 않은 선입견을 갖게 됐고 그녀를 더 자주 만나는 사람들은 그에 대해 좋지 않은 선입견을 갖게 됐다. 언젠가부터는 누구를 만났는지 서로에게 이야기하지 않게 되었다. 이야기하지 않는 편이 평화로웠으며, 궁금해하지 않는 편이 더 나았다.

　그와 헤어진 이후에도 이따금씩 그의 소식을 그녀에

게 말해주는 지인들이 있다. 사람들은 여전히 둘을 비교했다. 누군가 비교를 하더라는 말을 전해주기도 했다. 누가 누구를 버렸는지를 궁금해하고, 누가 더 안 좋아지고 있는지를 평가했다. 그와 함께 술을 마시던 사람이 전화를 걸어와, 그가 보고 싶지 않느냐며, 지금 그와 함께 있다며, 그녀를 불러내려 할 때도 있었다. 사람들은 여전히 짓궂었고, 사람들은 여전히 두 사람을 묶어서 생각했다. 자세한 속 얘기를 듣고 싶어 하는 가까운 이들에게 무슨 말이든 하고 나면, 돌아서서 혼자 집으로 돌아오는 길에, 했던 말들이 벌 떼처럼 그녀를 에워싸고 윙윙댔다. 그녀는 자신이 뱉은 말들 속에서 벌에 쏘인 것처럼 앓았다. 통통 부은 붓기와 따끔거림이 그녀의 신체가 되어갔다. 아무리 애를 써도 입 밖으로 뱉어지는 이야기는 매번 어리석었다. 정교할 수 없고 정확할 수 없는 엉터리였다. 아예 입을 다물면, 그만큼의 오해가 또 다른 편에 쌓여갔다.

그는 먼저 결정을 한 적이 없었다. 무얼 먹을지부터 시작해서, 무얼 입고 나갈지, 무얼 사야 할지, 어디에 가야 할지, 함께 어떻게 하루를 보낼지, 함께 어떻게 살아갈지 등에 대하여 그는 선택을 한 적도 없었고 결정을 한 적도 없었다. 그가 내리고 싶은 결정은 그녀가 원하지 않는 방향이라는 것을 알고 있었기 때문에 그는 아무 결정도 내릴 수가 없었다. 그녀는 그녀가 원하는 대로 결정을 하거나, 그의 마음을 읽고 그가 원하는 결정이 마치 그녀가 원하던 결정인 척을 하며 그의 결정을 대신 내려주는 것을 번갈아 선택했다. 약속을 할 때마다 그녀는 그의 마음을 읽느라 신경을 썼고, 그의 마음을 뻔히 알면서도 모르는 척을 하느라 애를 썼다. 점점 두 사람은 두 사람 간의 약속을 부담스러워했다. 홀대했다. 약속이 기행될 수밖에 없는 처지에 놓일 때마다 거부감부터 들기 시작했다. 약속된 시간을 어기는 일도 많았고, 약속을 아예 잊어버리는 일도 많았다. 약속을 지키진 않았어도, 기억하고 있었단 사실만으로도 기뻐할 정도가 되어갔다.

*

　뚜레쥬르 테라스에서 그들은 마지막 약속을 했다. 그들은 그 약속을 군더더기 없이 깔끔하게 지켰다. 누구 하나 약속에 대해 발뺌하지 않았고, 누구 하나 약속에 대해 강요할 필요가 없었다. 그녀가 그의 마음을 읽고 가장 현명하게 선택할 수 있었던 마지막 제안이었다. 헤어지자는 말은 그녀가 가장 잘 지킬 수 있는 가장 훌륭한 약속이었다. 뚜레쥬르의 테라스는 그때 이후론 가지 않게 됐지만, 그녀는 합정역 2번 출구에서 빠져나와 약속 장소를 향해 걸어갈 때마다 두 사람이 앉아 있던 자리를 바라보았다. 그 자리에 마주 앉은 연인들을 흘낏 바라보았다. 등을 돌려 만두 가게에 서서 어묵 하나를 우물우물 집어 먹고, 갈 길을 갔다.

개인의 서사가 상실된 장소

한국 사회에서 가장 문제적인 제도, 가장 부패한
제도, 가장 비인간적인 제도는 가족이다. 가족은 곧
계급이다. 교육 문제, 부동산 문제, 성차별을 만들어
내는 공장이다. 부富뿐만 아니라 문화 자본, 인맥, 건
강, 외모, 성격까지 세습되는 도구다. 간단히 말해, 만
악의 근원이다.°

편한 사람. 나를 믿어주는 사람. 내가 기댈 수 있는 사람.
어떤 일이 있어도 내 편에 서줄 사람. 이런 사람을 두고 우
리는 '가족 같은 사람'이라 칭한다. 타인이 가장 친밀히
여겨질 때 '가족 같다'는 표현을 쓸 만큼, 가족이란 말은

° 정희진, 「가족 밖에서 탄생한 가족: 가족의 탄생」, 『혼자서 본 영화』, 교양인,
2018, p. 27.

유대의 최대치를 표현한다. 날로 험해지는 세상에 비해 날로 나약해지는 개인은 어떻게든 보호를 받고 싶은데, 그럴 때 우선 떠올리게 되는 게 가족밖에는 없다는 듯.

우리는 아주 친밀한 사람에게 '가족 같은 사람'이라는 말을 특별하게 사용하고 있지만, 실재하는 가족은 특별함을 일찌감치 지나쳐 온갖 문제가 산적한 집합체가 되어 있다. 우리들 내면에 간직된 상처의 가장 깊숙하고 거대한 상처는 대부분 가족으로부터 얻은 것이다.

온전하고 이상적인 가족이 되어야 한다는 강박은 행복을 향한다기보다는 불행을 불사하는 쪽으로 기울곤 한다. 피상적으로 형식이 온전한 가족은 있을 수 있다. 가족은 형식을 완성하기 위하여 강조되어왔으며, 가족 구성원은 그 역할극에 심취해 있다. 아버지는 아버지가 되려고, 어머니는 어머니가 되려고, 자식은 자식이, 형제는 형제가 되려고 애를 쓴다. 애를 쓰지 않으려 하면, 애를 써야 한다는 사실을 서로에게 강요한다. 가족 구성원은 아버지라는 사람을 사랑한다기보다 아버지라는 역할을 수행하는 그 남자를 사랑한다. 어머니라는 사람을 사랑한다기보다 어머니의 역할을 수행하는 그 여자를 사랑한다. 가족 구성원은 서로에게, 스스로 열심이었던 역할극에 대하여 대가를 요구한다. 최소한의 자기 판단을 믿어주어야 한다며 최대한 남의 인생을 지휘하려 한다. 꿈을 다르게 꿀 수 있다는 걸 이해하는 방식보다 누군가가 희생하는 방식을 선호한다. 자신의 꿈을 폐기하고 부모의 꿈에 자신의 인생을 접합하는 온순한 자식이 가장 온전한 자식이다. 가족들은 각자의 입장에서 서로에게 개입하며 그 개입을 정당한 충고라 자부한다. 개입이 난무할수록 애정으로 똘똘 뭉쳤다는 자부심도 커져간다.

　애정으로 똘똘 뭉친 가족이지만, 서로에 대하여 알고 있는 것보다 모르고 있는 것이 더 많다. 어쩌면 알고 싶은 것만 알고 모르고 싶은 것은 모르는 채로 살고 싶어 하는지도 모른다. 어떤 음식을 유난히 맛있게 만드는지, 빨래를 갤 때에 손놀림이 얼마만큼 야무진지, 어떤 옷을 즐겨

입기를 좋아하는지, 엄마에 대하여 우리가 아는 것은 대개 가시적인 것들뿐이다. 엄마가 어떤 순간에 외로움을 타는지, 혼자 남겨진 시간엔 어떻게 소일을 하는지, 자신의 미래에 대하여 어떤 꿈을 꾸고 있는지, 어떤 것에 마음이 몹시 흔들리는지, 그럴 때면 어떻게 스스로를 다스리는지, 엄마의 엄마는 어떤 사람이었는지, 그 엄마에 대하여 엄마는 어떤 기억들을 간직하고 있는지 등을 헤아리지 않는다. 아버지에 대해서도 마찬가지다. 점점 어른이 되어가고 있는 자식에 대해서도 그렇다. 서로 자세히 알게 되는 일이 두렵다. 애정으로 똘똘 뭉친 듯한 그 느낌이 진실이 아닐까 봐 불안해한다. 한 사람 한 사람의 진심들을 제대로 아는 일을 두려워한다. 집 바깥의 준거집단에서 가족 구성원이 어떤 성격으로 어떤 표정으로 어떤 마음으로 살아가는지에 대해서 가장 모르고자 한다.

지금 이 사회의 기성세대는 그들의 부모 세대처럼 스스로를 '무지렁이'라고 칭하지 않는다. 배웠다는 자긍심으로 이중 잣대를 들고 세상을 보고 있다. 원칙은 타인에게 엄정하게 강요하고, 원칙에 대한 유연성은 자기 자신과 자신의 가족에게 발휘한다. 부모 세대의 희생 신화에 무릎을 꿇을 줄은 알지만, 부모라는 개인의 서사에는 관심을 가진 적이 없다. 자식이 유능하길 바라지만, 자식이 유능해질 수 있도록 독립적이며 자발적인 판단력을 발휘할 기회를 주지는 않는다. 그 어떤 재난과 불행 앞에서도, 우리 가족에게 일어난 일만 아니라면 다행한 것으로 받아들이며 일정 부분 도덕적인 불감증도 갖추고 있다. 조금이라도 남들과 다른 면이 있는 자식에게는, 병원에 데려가든 학원에 데려가든, 전문가의 도움을 받아 진단하고 판정하여 교정하려든다. 희생 신화에 자신을 헌납한 부모 세대가 언제나 가슴을 치며 제대로 된 부모 역할을 못해주어 미안하다는 말을 되뇌는 것이 지겨워서일까. 그들은 완벽한 부모가 될 준비를 해왔으며 완벽한 부모로서의 소신도 출중하여, 자기반성은 하지 않은 재로, 자식들을 향해 선의에 찬 폭력을 행사한다. 형식적으로는 이해와 존중을 표상하기 때문에 자상해 보이지만 그 내용은 강박적인 강요에 가깝다.

옳은 방식이 미리 결정되어 있을 때, 우리가 그 옳은 것을 모두에게 강제할 때는 그 삶 자체가 배척당한 것일 수도 있다.°

서로를 선택할 수 없는 조건이기 때문에, 좋아할 수 없는 사람도 무조건적으로 사랑해야 한다는 당위가 가족에게는 있다. 이 당위가 인간을 있는 그대로 사랑할 줄 아는 능력을 보장해주면 좋으련만, 사랑이 지닌 위험으로 기울 때가 많다. 그래서 타고난 사랑의 능력을 훼손당하기도 하고, 인간을 무의식적으로 불신하기도 하며, 미지에 대한 당연한 불안에 내성이 없는 사람이 되기도 하고, 사랑의 압력과 폭력에서 기인된 트라우마가 심장 깊숙이 각인되어버리기도 한다. 오래된 제도로서의 가족은 서로를 계속해서 희생해야만 존속될 수 있다. 개인의 서사가 두려움 없이 전달되고 이해되며 존중되는 일은 가능하지 않다.

° 주디스 버틀러, 『젠더 허물기』, 조현준 옮김, 문학과지성사, 2015, p. 68.

보물 상자의 원칙

동네 친구 형철이

형철이는 상자를 들고 다녔다. 문을 열어야 하거나 유치원 가방을 벗으려 할 때마다 주변에 있는 사람에게 도와달라고 말했다. 두 손으로 상자를 들고 있어야 했고, 손을 쓰기 위해 상자를 내려놓는 일을 한 번도 하지 않았다. 조심조심 걸어서 상자를 들고 집으로 갔다. 상자에 대하여 질문을 받을 때마다 그것이 보물 상자라고만 말했다. 더 이상의 질문들에는 언제고 빙그레 웃기만 했다. 그녀가 형철이에게 팽이나 구슬 같은 걸 건네면서 보물 상자에 넣어달라고 부탁을 해본 적도 있었지만, 형철은 딱 잘라서 "그건 보물이 아니야"라고 대답했다. 어쩔 때는 형철이 좋아할 법한 로보트가 인쇄된 플라스틱 파일을, 어쩔 때는 만년필을 건네보았지만 대답은 마찬가지였다. 그녀는 형철이가 보물이라며 반가워할 물건을 건네고야 말겠다며, 보물 건네기에 점점 집요해져갔다. 인형을 건넨 적도 있고, 네 잎 클로버를 건넨 적도 있고, 손바닥보다 더 작은 미니 북을 건넨 적도 있지만 형철은 모두 무시했다.

한번은 형철이를 문방구 앞에서 만났다. 무릎을 꿇고 뽑기 기계 앞에 모여 앉은 아이들을 형철은 구경하고 있었다. 아이들이 뽑기 통에서 건진 동그란 껍데기를 열고 장난감을 꺼내고 사라진 뒤에, 형철은 보물 상자를 땅바닥에 슬며시 내려놓았다. 쪼그려 앉아 그 동그란 껍데기를 줍기 시작했다. 그리고 상자의 뚜껑을 열어 그것들을 집어넣었다. 상자 안을 엿볼 수 있는 몇 초의 기회를 그녀는 놓치지 않았다. 그녀는 형철이가 상자를 다시 껴안고 집으로 걸어갈 때에, 나란히 걸으며 그녀가 본 상자 속 물건들에 대하여 말을 붙였다. "요만한 검정색 물건은 뭐야? 나무 막대기는 뭐야? 목장갑도 있었던 것 같던데?"

형철이는 비로소 보물 상자 속 목록들을 그녀에게 말해 주었다. 날이 빠져 못 쓰게 된 호미 자루, 엄마가 사은품으로 받아 온 미니 드라이버 세트, 손바닥이 빨간색이 아닌 초록색 목장갑, 큐빅이 떨어져 나간 머리핀, 플라스틱 안경 케이스, 부싯돌이 닳아 더 이상 켜지지 않는 일회용 라이터, 잉크가 말라버린 사인펜. 보물이라기보다는 폐품에 가까운 것들을 보물이라며 안고 다닌 형철이가 그녀는 더 궁금해졌다. 어째서 그녀가 건넸던 팽이와 구슬은 보물이 될 수 없었는지를 물었다. 그건 형이 탐을 낼 것이고 형에게 빼앗길 것이므로 자기 보물이 될 수 없다고 형철은 단호하게 말했다. 누군가의 필요에 의해 찾게 될 일이 없는 물건들, 아빠도 엄마도, 무엇보다 형이 탐을 낼 일이 없는 물건들만이 온전하게 자신의 보물이 될 수 있다는 원칙을 형철은 세우고 있었다. 온전한 소유주가 될 수 있는지가 형철에겐 중요했다. 영원한 소유주가 될 수만 있다면 어떤 물건이 되었든 형철에겐 상관이 없었다.

오르골

그녀는 엄마의 화장대 위에 놓여 있던 분홍색 오르골에 관심이 많았다. 오르골 안에는 몇 개의 반지가 담겨 있었다. 밑면의 태엽을 감고 뚜껑을 열면 음악이 흘러나왔고 뚜껑을 닫으면 음악이 멈췄다. 그녀는 엄마의 화장대 앞에 앉아 태엽이 다 풀리면 다시 감고 또다시 감아가며, 뚜껑을 열었다가 다시 닫으며 음악에 심취했다. 음악에 집중을 하고는 있었지만 그녀가 정작 집중한 것은 음악과 뚜껑의 상관관계였다. 뚜껑을 열고 닫는 일을 며칠 동안 반복하며 오르골을 요모조모 관찰을 하다가, 반지 함의 깊이가 오르골 전체 높이의 절반 정도밖에 되지 않는다는 사실을 알아챘다. 그 나머지 절반 속에 음악과 뚜껑의 상관관계를 속 시원히 밝혀줄 장치가 숨어 있을 듯했다. 그녀는 조금씩 조금씩 반지 함 부분을 오르골의 몸체와 분리하려고 애를 썼고, 본드로 접착된 부분을 족집게로 완전히 분리해낼 수 있게 되었다. 오돌토돌한 돌기들이 하나하나 음을 만들면서 금속편을 치고 지나가는, 속

시원한 모습을 그녀는 실컷 지켜볼 수 있게 되었다.

그녀는 다시 함을 통에 넣고 감쪽같이 이전의 모습으로 조립을 해두었지만, 뚜껑을 열어도 음악이 나오고 뚜껑을 닫아도 음악이 나오는 고장 난 오르골이 되어버렸다. 태엽이 다 풀려 조용해진 오르골을 화장대에 다시 올려두었다. 엄마가 이 사실을 알고서 짓게 될 표정과 들게 될 회초리를 상상하며 몇 날 며칠을 잠도 깊이 못 자고 밥도 제대로 못 먹어가며 마음을 졸였지만 그녀는 무사했다. 무사했지만, 아직 들키지 않은 것뿐이었으므로, 그녀는 시름시름 앓는 상태가 되어갔다. 마침내 그녀는 울면서 자신의 잘못을 엄마에게 털어놓았다. 엄마는 놀라지도 않았고 오르골의 뚜껑을 직접 열어 확인을 해보지도 않았다. 단지, 그녀가 반지에 탐을 내어 오르골 이야기를 꺼낸 것이 아니라는 사실을 알아채고는 그녀의 고백이 채 끝나지도 않았는데 일어나 밥을 지으러 부엌으로 갔다.

비틀스 VS 산울림

매서운 바람이 운동장을 메웠던 1980년 12월 8일 월요일 아침, 그녀는 운동장에 줄을 서서 지겨운 아침 조회를 감내하고 있었다. 누군가 수군거리기 시작했다. "존 레논이 죽었대." "뭐라고?" "존 레논이 죽었대." "거짓말." 그녀와 그녀의 친구들은 그날 아침, 존 레논이 죽었다는 사실에 충격을 받은 아이와 전혀 충격을 받지 않은 아이들로 나뉘었다. 존 레논이 죽었다는 사실에 충격을 받은 아이들은, 존 레논이 곧 비틀스라고 생각해온 아이들과 그렇지 않다고 생각해온 아이들로 나뉠 수 있었다. 그렇지 않다고 생각해온 아이들은 폴 매카트니의 노래를 좋아하는 아이들과 조지 해리슨의 노래를 좋아하는 아이들로 다시 나뉠 수 있었다. 「Norwegian Wood」에서 조지 해리슨의 시타르 연주를 칭송하던 아이들은, 비틀스를 좋아하면서 「Yesterday」를 꼽는 아이들의 취향을 멸시했지만, 링고 스타의 「Yellow Submarine」을 좋아하는 아이들은 존중했다. 비틀스를 팝 음악에 입문하는 통과의례 정도로 여기는 아이들은 벨벳 언더그라운드로 이미 옮겨 가 있었다. 비틀스와 벨벳 언더그라운드의 틈새에서 이따금 산울림을 좋아하는 걸 조커 카드처럼 제시하는 소수의 아이들도 있었다. 산울림을 좋아하는 아이들도 「창문 너머 어렴풋이 옛 생각이 나겠지요」를 흥얼거리는 아이들과 「내 마음에 주단을 깔고」를 무한 반복하며 듣는 아이들로 나뉠 수 있었다. 비틀스를 좋아하는 아이들은 낯선 친구를 처음 만날 때면 반드시 비틀스를 좋아하냐고 물었다. 좋아한다는 대답을 들어야 기꺼이 친구로 삼았다. 산울림을 좋아하는 아이들은 조금 달랐다. 산울림을 아느냐고 물었다. 모른다는 대답을 들으면 교육을 시작했다. 어떤 곡부터 들어야 하는지를 일일이 알려주는 것으로써 교제를 시작했다. 아이들은 어떤 식으로든 남들이 좋아하지 않는 밴드를 좋아하려고 기를 썼다. 그러면서도 자신이 좋아하는 밴드를 함께 좋아해야 친구가 될 수 있다고 믿었다. 좋아하는 밴드가 비주류에서 주류로 바뀌어가면, 남들이 좋아하지 않는 것을 좋아하기 위하여 이동했다. 그럴 때의 이동은 안목의 발전을 은연

중에 과시하는 것이었다. 예전의 안목을 버리는 것을 담보한 과시였다. 자신이 좋아하던 세계를 기꺼이 버리고 새로운 것을 좋아하기 위해, 결단력 있게 옮겨 가는 아이들에게는 남들이 함께 좋아하는 것을 계속해서 좋아하는 일이 애호의 즐거움에 속하지 않았다. 그러면서도 자신이 좋아하는 것을 다른 사람들이 함께 좋아할까 봐 남몰래 혼자서 좋아하는 아이는 아무도 없었다. 좋아하는 것에 관하여 어떤 식으로든 발설했고 혼자서만 좋아하던 비밀한 것들은 누설되자마자 모두가 좋아하는 것으로 변하고 말았다.

남자다움

유치원에 보내지기 전까지 그녀의 조카는, 리본 달린 머리핀이나 방울 달린 머리끈을 예쁘다고 표현했던 아이였다. 분홍과 빨강과 보라를 좋아하던 아이였다. 처음 유치원에 등원하던 날부터 그 애는 좋아하던 그것들을 싫어한다고 선을 긋기 시작했다. 붉은 계통의 색을 여자의 색이라고, 푸른 계통의 색을 남자의 색이라고 구분 지었다. 조카는 남자로서 남자답다고 일컬어지는 것들을 선망하기 시작했다. 좋아하던 것을 배척하고 좋아하지도 않던 것을 선호하게 된 그 아이를 지켜보면서, 그녀는 무언가를 좋아한다는 것은 도대체 무엇일까 한참 생각했다. 좋아는 하지만, 내가 좋아하는 것이 남들에게 빈축을 살 만한 것일 때에 좋아하는 마음을 쉽게 철회할 수 있는 애호의 세계. 준거집단의 기준에 편입돼야 마음이 편하고 유행을 따라야 뒤처지는 느낌이 들지 않는 애호의 세계. 애호의 세계에서는 어떤 것을 좋아하는지를 통해 자신의 본성을 확인하는 기회를 잃는 대신, 같은 걸 좋아함으로써 소속감을 형성하는 기회를 얻는다. 판에 박힌 것을 싫어하면서도 스스로 판 속으로 들어간다.

크로아티아와 무궁화

그녀가 크로아티아의 시골 마을에 짐을 풀고 뒷마당을 향해 창문을 열었을 때였다. 옆 침대를 차지한 한 사람이 아주 예쁜 꽃이 있다고, 처음 보는 꽃이라며 큰 소리로 감탄을 했다. 무성한 꽃들이 흐드러지게 핀 마당 한쪽엔 연분홍빛을 내는 꽃이 있었다. 그것이 무궁화라는 걸 그녀는 단박에 알았다. 어렸을 때에 교과서를 펼치면 커다랗게 등장하던 꽃. 학교 교단과 국기 게양대 옆에, 늘 서 있던 꽃. 다섯 장의 꽃잎과 굵은 꽃술을, 크레파스화로도 수채화로도 그려야만 했던 시간들. 지겨우리만큼 그려봤고 눈을 감고도 그릴 수 있었던 꽃이었기 때문에, 옆자리 사람처럼 단박에 행복해질 수는 없었다. 옆 사람은 이국의 땅에서 처음 만난 무궁화를 잊지 못하여, 가장 아름다운 꽃으로 기억하며 살아가게 될 수도 있었다. 어떤 면에서는 그 사람이 부러웠다. 이런 식으로 아름다운 것을 아름답다고 알아채지 못한 적이 얼마나 많았을까. 좋아할 수 있던 것들을 무시했던 적도 얼마나 많았을까.

좋아했던 것들을 과연 좋아하기나 했을까. 싫어했던 것들도 과연 싫어하기나 했을까. 그녀는 자신이 겪어온 애호의 세계를 처음부터 다시 재구성하고 싶어졌다.

귀하디귀하고 흔하디흔한

그녀가 가장 좋아하는 음식이 김밥이라고 맨 처음 말했던 시절에는 김밥 전문점이 전국 어디에도 없었다. 소풍날에 새벽부터 일어난 엄마가 고소한 참기름 냄새를 풍기며 손수 말아주는 김밥만이 유일했다. 1990년대, 홍대 앞에 처음으로 김밥 전문점이 생겼다. 실로암김밥과 가나안김밥. 실로암은 좋은 입지에 깨끗한 인테리어를 갖춘 덕분에 늘상 사람들로 북적였다. 그 옆 블록의 가나안은 두어 개의 테이블이 전부였고 이루 말할 수 없이 허름했지만, 김밥 맛만큼은 실로암보다 한 수 위였다. 알만한 사람만 찾아가 줄을 서서 먹었다. 알 만한 사람을 그곳에서 만나기도 했다. 그녀는 그녀가 아는 모든 사람과 그곳에 갔다. 엄마와 함께 저녁을 먹으러 간 적도 있었다. 주인아주머니는 매일매일 찾아오는 단골 중의 단골인 그녀를 언제나 반가워했다. 어느 날, 아주머니는 아주 기쁜 얼굴로 그녀에게 말했다. 곧 가게 문을 닫게 됐다고. 여의도에 번듯한 음식점을 차리게 됐다고. 단골손님 중 누군가의 투자를 받았다며, 상기된 얼굴로 희소식을 전하듯 비보를 전했다. 그녀는 참기름이 매끈하게 발라진 마지막 김밥을 상심 어린 눈빛으로 내려다보았다.

그녀는 여전히 김밥을 가장 좋아하고 귀한 음식이라 말하고 싶지만, 김밥은 그즈음부터 가장 흔해빠진 음식이 되어갔다. 딱히 궁금해하지도 않을 설명을 덧붙이지 않는 한, 그녀가 생각하는 그 귀한 김밥으로 받아들여주는 이는 아무도 없게 됐다. 누군가에게 김밥을 먹으러 가자는 말을 그녀는 이제 아예 하지 않는다. 그녀 혼자 김밥이 맛있다는 집을 어지간히 찾아다닌다. 누군가를 데려간들, 반응은 시큰둥할 것이다. 어쨌거나 김밥은 김밥일 뿐이기 때문이다. 어쩌면 그러한 이유로, 그녀는 김밥을 영원히 좋아할 수 있다.

2

어딘가에서 무사하기를

내게 그리워할 시간을 줘

"사랑이 하고 싶다."

C가 혼잣말처럼 조용히 내뱉었다. 마주 보고 있던 그 녀는 무슨 말을 해주어야 좋을지 몰라서 이내 어색해졌 다. 행복해지고 싶다는 뜻으로 받아들여야 할지, 불행해 지고 싶다는 뜻으로 받아들여야 할지조차 알 수 없는 말 이었다. 불행이라는 참맛을 모두 포함한 채로의 행복을 누리고 싶다는 말로 받아들여야 할 것이나, 그런 깊은 표 정은 아닌 것 같았다. 혹시 지난날의 사랑을, 그 사랑했 던 경험을 그리워하는 말일지도 몰랐다. 지난날의 그 지 난한 사랑 중에 어느 지점을 그리워하는지가 궁금해졌 다. 처음 설렘을 느끼던 그 지점만을 그리워할 확률이 높 겠고, 서로가 충분히 익숙해져 또 다른 자아인 양 여겨졌 던 그 편안한 시간들을 그리워할 확률도 조금 있을 터였

다. 영혼이 유리컵처럼 위태롭게 깨져버렸던 이별의 여정을 그리워할 확률은 전혀 없을 터였다. 아플 때 찾아와 열이 나는 이마를 짚어주는 그 사람을 그리워할지언정, 혼자 끙끙 앓으며 방치되었던 서러운 시간을 그리워할 리는 전혀 없었다.

C가 "사랑이 하고 싶다"라는 말 대신, '로맨스를 겪고 싶어'라고 말했다면, 그녀는 그 말을 명민하게 알아차리고 산뜻하게 반응해줄 수 있었을 것이다. 심장이 북소리처럼 쿵쾅거리는 일, 설렘이 파도처럼 온몸을 덮치는 일, 들뜸이 물 위를 부유하는 소금쟁이처럼 우리 발끝을 가볍게 만드는 일, 이런 일을 겪고 싶다는 뜻으로 금세 받아들일 수 있었을 것이다. 무수한 로맨스 서사에서 배운 그것. 사랑에 대한 판타지와 노스탤지어를 모사하는 그것.

사람들은 로맨스 서사의 판타지로 배워온 사랑으로부터 자유롭지 못하다. 내가 하는 사랑은 이토록 구질구질한데 영화 속 사랑은 감미롭기만 하니, 번번이 내가 어딘가 잘못된 사람처럼만 느껴진다. 사랑은 어딘가에 따로 있는 것만 같고, 내가 하고 있는 이것은 어떤 실수이거나 고행이거나 투쟁처럼만 느껴진다.

사랑에 대한 여자들의 집착에 가까운 애착은 타고난 것도 아니며, 누군가와 첫눈에 반해서 시작되는 것도 아니다. 여성이 남성보다 덜 중요하다는 것을 알게 된 순간부터, 우리가 아무리 훌륭하다 해도 가부장적 세계에서는 결코 충분히 훌륭하지 않다는 것을 알게 된 순간부터 사랑에 대한 집착은 시작된다. 가부장적 문화에서 여성은 처음부터 그리 가치가 높지 않은 존재로 자리매김했기 때문에, 여자들은 소녀 때부터 자연스럽게 여성으로서 자신이 사랑받을 만한지를 걱정해야 했다.[○]

어떤 로맨티스트들은 이 가부장제 판타지를 몸소 실

○ 벨 훅스, 「사랑 없이 버티는 삶은 가능한가」, 『사랑은 사치일까?』, 양지하 옮김, 현실문화, 2015, p. 11.

천한다. 로맨티스트라는 역할을 수행하기 위하여 여성의 인정 욕구를 사랑에 이용하다가, 숭배가 약효를 잃는 순간을 로맨티스트들은 견디지 못한다. 그 단계에서 사랑을 떠나는 것이 로맨티스트로서 해야 할 가장 현명한 처신이라 여긴다. 어떤 로맨티스트들은 가장 가슴이 아플 정황 속에 이미 놓여 있는 캐릭터를 사랑의 대상으로 더 선호한다. 수많은 로맨틱 서사가 반복해온 구원자 코드를 몸소 실천하는 것이다. 모든 것을 갖춘 우월한 로맨티스트에 의해 순박하고 천진한 보통의 여성이 구원을 얻고 사랑의 찬가를 부르는 순간 엔딩 크레딧이 올라가는 영화를 모사하고자 한다. 현실에서는 사랑의 절정에서 엔딩 크래딧이 올라간다거나 암전이 되질 않는다는 걸 번번이 망각하면서. 본인이 영화 속 인물처럼 모든 것을 갖췄을 리가 전혀 없다는 것마저도 망각하면서.

로맨스만 사랑하는 사람이 로맨스만 사랑하는 사람과 만났을 때에만 세련된 연애 행각이 가능해질 수 있다. 하지만 로맨티스트는 로맨티스트를 사랑의 대상으로 선호하지 않는다. 세련되었기 때문에 오가는 상처가 서로

밋밋하기 때문이다. 로맨티스트에겐 상처가 쾌락이기 때문이다.

　"내게 그리워할 시간을 줘."

　그녀에게 이 말을 했던 사람이 있었다. 곁에 있어줄 수 있는 능력은 충분했으며 곁에 있어주는 것만을 겨우 잘했던 그녀에게 이 말을 했던 사람이 있었다. 그녀에겐 이 말이 상처의 시작이었다. 뒤늦게 이해할 수 있게 됐지만, 그 사람은 로맨티스트에 가까웠다. 그 사람과의 불화는 그녀가 그렇지 않은 사람에 불과했기 때문에 생긴 것이었다. 이 간단한 사실을 뒤늦게야 그녀는 알았을 뿐이다. 아니다. 이런 구분도 어리석었던 지난날에 대한 손쉬운 화해에 불과하다.

　예전에 그 사람은 좋아했으나 그녀는 이해할 수 없었던 글이 하나 있었다. 그들은 서로 핏대를 올려가며 논쟁을 했다. 그 사람의 논리는 그녀에게 모독이었고, 그녀가 느끼는 모독이 그 사람에게는 더할 나위 없는 모함이었다.

처음 당신을 알게 된 게 언제부터였던가요. 이젠 기억조차 까마득하군요. 당신을 처음 알았을 때, 당신이라는 분이 이 세상에 계시는 것만 해도 얼마나 즐거웠는지요. 여러 날 밤잠을 설치며 당신에게 드리는 긴 편지를 썼지요.

처음 당신이 나를 만나고 싶어 한다는 전갈이 왔을 때, 그때를 생각하면 아직도 아득히 밀려오는 기쁨에 온몸이 떨립니다. 당신은 나의 눈이었고, 나의 눈 속에서 당신은 푸른빛 도는 날개를 곧추세우며 막 솟아올랐습니다.

그래요. 그때만큼 지금 내 가슴은 뜨겁지 않아요. 오랜 세월, 당신을 사랑하기에는 내가 얼마나 허술한 사내인가를 뼈저리게 알았고, 당신의 사랑에 값할 만큼 미더운 사내가 되고 싶어 몸부림했지요. 그리하여 어느덧 당신은 내게 '사랑하는' 분이 아니라, '사랑해야 할' 분으로 바뀌었습니다.

이젠 아시겠지요. 왜 내가 자꾸만 당신을 떠나려하는지를. 사랑의 의무는 사랑의 소실에 다름 아니며,

사랑의 습관은 사랑의 모독일 테지요. 오, 아름다운 당신, 나날이 나는 잔인한 사랑의 습관 속에서 당신의 푸른 깃털을 도려내고 있었어요.

다시 한번 당신이 한껏 날개를 치며 솟아오르는 모습이 보고 싶습니다. 내가 당신을 떠남으로써만…… 당신을 사랑합니다.°

"사랑의 의무는 사랑의 소실에 다름 아니며, 사랑의 습관은 사랑의 모독일 테지요"라는 말을 그녀가 온전히 이해할 수 있게 된 이후로 그녀에겐 하나의 능력이 생겼다. 도처에서 불쑥불쑥 솟구치는 로맨티스트들을 관찰하는 일. 그런 이들과 면밀하게 때로는 신랄하게 대화를 나누며 사랑의 불가해함을 좀더 이해할 수 있게 되었다.

○   이성복, 뒤표지 글, 『남해 금산』, 문학과지성사, 1986.

너에게 들려줄 말을 나에게 들려주기 위하여

쓰디쓴 고통을 오히려 달갑게 받아들이며 우울함을 선호하는 멜랑콜리는 사랑의 감정을 **미화**하며, 사랑하는 상대방을 기사도 사랑과 마찬가지로 고결하게 추켜세운다는 특징을 자랑한다. 낭만주의의 멜랑콜리는 주로 남성의 몫이며, 고통이 아파하는 남자를 영웅으로 만드는 자아 모델을 이룬다. 이 모델에서 남자는 슬픔을 감당하는 자신의 능력으로 영혼의 깊이를 증명한다. 멜랑콜리에서 아픔은 자존감에 영향을 주거나 경우에 따라 약화하지도 않으며, 오히려 영혼의 섬세함과 세련됨을 드러내도록 돕는다. 심지어 더나아가 멜랑콜리로 고통받는 남자로 하여금 일종의 상징/감정 자본을 축적하게 만든다. 사랑과 아픔을

이렇게 이해하는 태도는 종종 남성의 특권이었다.°

그녀는 쉼 없이 하소연하는 D를 향해 한껏 귀를 열어놓아야 했다. 그녀의 귀를 향해서 D는 자신이 겪었던 모든 비애를 쉼 없이 떠들어댔다. 그녀의 두 귀를 만날 때까지 모든 비애를 힘껏 비축해왔다는 듯이. 점심 식사가 끝난 테이블이 치워지고, 그 자리에 다시 술병이 늘어가고, 옆자리 손님들이 몇 차례나 바뀔 때까지 D의 이야기는 끝나지 않았다. 유리창 너머 길거리에서는 가로등이 점등됐고 이윽고 까맣게 밤이 왔다. 어느 순간부터 그녀는 쉼 없이 흘러나오는 D의 말들을 놓치기 시작했다. 악력이 떨어졌을 때에 들고 있던 가방을 놓치듯, D의 말을 툭툭 놓치기 시작했다.

수족관에 담긴 채로 헤엄도 치고 숨도 쉬는 물고기들을 그녀는 바라보았다. 저것들은 어떤 피부를 지니고 있

○ 에바 일루즈, 「인정받고 싶은 욕구: 자아의 사랑과 상처」, 『사랑은 왜 아픈가』, 김희상 옮김, 돌베개, 2013, pp. 249~50.

길래 물속에 저리 오래 담겨 있어도 피부가 붇지 않는지가 갑작스레 궁금해졌다. 욕조에 담겨져 있을 때면 언제나 쪼글쪼글해지던 그녀의 손가락 끝마디를 떠올렸다. 씻던 행위를 멈추고 오그라들어 쪼글거리는 손끝을 멍하니 들여다보던 어린 날이 떠올랐다. 그 시절엔 엄마가 목욕을 하러 갈 때에만 그녀도 따라가 목욕을 했다. 엄마 옆에 잠자코 앉아서 대야에 물을 받아 손을 담그고 물을 갖고 놀기만 했다. 그녀는 이제 집으로 돌아가 목욕을 하고 싶다 생각했다. 욕조에 뜨끈한 물을 담아 그 속에 오래 누워 있고 싶었다. 맞은편에 앉아 연신 자기 얘기를 쏟아놓던 D와 시선이 마주쳤다. 그녀가 딴생각을 하다가 다시 자기 얘기로 돌아온 것을 눈치챈 듯했다. 하던 얘기를 다급하게 마무리 지으려 D는 말의 속도를 더 냈다. 손을 움직여 가방을 챙기자, D는 자신의 일곱 시간에 걸친 하소연을 요약했다. "하여튼, 어쩌다 내가 이렇게 최악이 됐는지 도무지 모르겠어."

가방을 멘 그녀는 계산서를 손에 들고 일어섰다. 계산

대에 가서 신용카드를 내밀었다. 주섬주섬 가방을 챙기고 있는 D를 뒤에 두고 먼저 알싸한 밤공기 속으로 걸어 나갔다. 일곱 시간 동안 보지 못했던 하늘을 올려다보았다. D에게서 들은 D의 이야기는 이미 가물가물해졌다. D의 이야기에는 D의 실책들이 끊임없이 묻어나왔다. 오류들도 많았다. 화장실에 갔다 온 D가 옆에 와 섰을 때에 그녀는 비로소 입을 열었다. "어쨌든, 그래도 너는 최선을 다했네." D의 눈빛이 그 순간 이루 말할 수 없이 슬퍼졌다. 최선을 다했던 자기 자신에 대한 깊은 연민이 눈망울에 그득 차올랐다. 그녀는 좀더 말을 해주어야겠다고 생각했다. "고통스러운 시간이 끝난 건 어쨌든 잘된 일이라고 생각해." 파란 신호등이 켜지자 바삐 건널목을 건너는 사람들을 바라보면서, 그녀는 마지막 말을 마저 했다. D의 얼굴을 똑바로 쳐다보았다. "좋은 사람 만나서 좋은 사랑을 해봐." 벌써 좋은 사람을 만나 좋은 사랑을 시작하기라도 한 듯이, D의 표정은 화색이 돌았다. D는 점멸하는 파란 신호등 속으로 뛰어갔고 뒤를 돌아서 팔을 번쩍 들어 손을 흔들었다. 네온사인이 부산한 거리 쪽으로 빠르게 걸어갔다. 지금쯤 버스에 올라타 차창 바깥으로 휙휙 지나가는 바깥 풍경을 바라보며 괜한 고백을 했다는 후회로 미간을 찌푸리고 있을지도 몰랐다.

그녀는 집으로 돌아오는 내내 D에게 말을 건넸다. D가 눈앞에 있을 때에는 차마 할 수 없었고 해서는 안 되는 말들이 쏟아졌다. 사랑 앞에서 너는 좀 비굴해 보였다. 너는 네가 원하는 대상을 유혹하기 위해 너무 많은 술책을 썼다. 쉽게 넘어오지 않는 그 대상을 유혹하기 위해 한심한 연애지침서에서나 권장하는 많은 기술을 구사하는 데에 필사적이었다. 그 노고는 정복욕과 그다지 달라 보이지 않았다. 너의 사랑은 타인을 존중하지 않았다는 큰 과오가 있었다. 훌륭하다는 찬사를 남발하며 너는 환심을 사는 데에만 급급했다. 그랬으면서도 너는 너의 애인이었던 사람을 험담하는 것으로 너의 연애를 종결지었다. 찬사를 남발하던 그 입술로 쏟아냈던 너의 험담을 들으며, 나는 그 사람이 더 마음 쓰였다. 온갖 찬사로 사랑을 치장하는 너를 불신하지도 제대로 껴안지도 못한 채로, 그 사람은 얼마나 어중간한 몸짓으로 끙끙댔을까. 비로소 용기를 낸 것에 불과한 그 사람의 최종 결정을 너는 원망하는 대신에, 너의 사랑을 그 사람에게 종용하던 시간들을 되짚으며 앞으로의 시간을 보냈으면 좋겠다. 그러나 너는 나빠진 지금의 네 상태를 견딜 수 없어 금세 다른 사람을 똑같은 방법으로 유혹할 테지만.

D에게 들려줄 말을 혼자 되뇌고 있는 것인지, 스스로에게 들려줄 말을 뒤늦게 그녀가 혼자 되뇌고 있는 것인지 도무지 분간이 되지 않을 무렵이었다. 현관문을 열고서 신발을 벗고 외투를 벗으면서, 다 마신 물컵을 두 손에 쥔 채 다시 생각했다. D는 질 나쁜 정보의 감염자에 불과하지 않은가. 현명한 사람도 미욱한 사랑으로 자신의 거짓 영리함과 마주칠 수밖에 없지 않은가. 사랑은 어차피 이상하고 적나라하게 자기 함정에 빠지는 일에 불과하지 않은가. 그 함정을 미담으로 치환해가는 두 사람이 최종적으로 남을 때, 비로소 사랑을 이루었다고 말할 수 있지 않은가.

그녀는 수돗물을 틀고 욕조의 뜨끈한 물속에 벌거벗은 몸을 담갔다. "엄마, 엄마는 아빠 어디가 그렇게 좋았어?"라고 어린 날 공중목욕탕에서 엄마의 등을 밀어주며 그녀가 물었던 적이 있었다. 엄마는 아빠가 불쌍해 보였다고 했다. 잘생기고 머리도 좋은 사람인데 집안이 너무 가난한 게 안쓰러웠다고. 아빠가 꾸고 있는 꿈이 슬퍼 보일 만큼이었다고 했다. 아흔을 바라보는 아버지와 엄마는 아직도 그 꿈속에서 완전히 현실로 돌아오지 않은 채로 살고 있다고 그녀는 생각했다. 그녀의 아버지는 지금도 엄마를 처음 만났던 때에 대하여 이야기를 한다. 참 재수 없는 여자였다고. 자신이 가난한 노총각이라는 것을 알고 있었으면서 일부러 밍크코트를 입고 선을 보러 나왔다고. 저녁 식사를 하기 위해 다방에서 나왔을 때, 마침 함박눈이 내리고 있었고 굽이 높은 부츠를 신은 엄마는 눈길에 꽈당 넘어져버렸다고. 아름다운 여인이 아니라 버둥대는 북극곰 한 마리 같았다고. 그런데 그게 귀여워 보였다고. 그래서 이 사람이 내 사람이구나 했다고. 현명한 면이라고는 하나 없는 이 어리석은 이야기를, 그녀는 욕조 속에 쪼그리고 앉아 아버지를 꼭 닮은 손으로 엄마를 꼭 닮은 발을 만지작대며 떠올려보았다. 그리고 생각했다. 영원히 꿈에서 깨어나지 않은 채로, 그 희망의 도래를 끝까지 기다리기만 하는 미욱한 두 사람만이 어쩌면 사랑 안에 오롯하게 생존해 있는 것은 아닐까 하고.

사랑을 받는 자에게 필요한 기술

「숏버스」(존 카메론 미첼, 2007)의 제임스는 제이미로부터 받는 사랑을 충분히 실감하고 고마워한다. 하지만, 그것만으로는 삶의 의미를 찾지 못한다. 마음은 사랑에 황홀해하고 있지만 육체가 따라주질 않는다. 마음과 육체의 간격이 제임스에게는 더 이상 견딜 수 없는 비애가 되어버렸다. 애인이 없었다면, 사랑을 받고 있지 않았다면, 그 문제를 직시하지 않아도 되었을 것이다. 하지만 제이미로부터 받는 넘치는 사랑으로 인해, 제임스는 자신의 상태를 더 응시하게 되었다. 제임스는 차근차근 준비하여 자살을 시도한다. 자신의 자살이 제이미와는 아무 관계가 없다는 것을 입증하기 위하여, 그래서 제이미가 받게 될 상처를 줄이기 위하여 자신의 모든 행동을 기록한 다큐멘터리까지 준비해둔다. 제임스는 사랑받고 있고 그

것이 고맙고 행복하다는 걸 알지만, 그게 전부다. 그것이 괴롭다. 그때 제임스는 이렇게 고백한다.

　　내 주위에 있는 게 보여요. 하지만 내 피부에서 멈
　춰요. 안으로 들일 수가 없어요. 항상 그래왔어요. 항
　상 그럴 거구요.

　안으로 들일 수가 없으면서도, 고마움을 사랑이라고 믿으며, 행복한 얼굴을 연기하며 살아가는 삶. 안으로 들일 수가 없다는 사실에 눈알이 빨개져 눈물 흘리는 제임스의 고통은 누구와 어떻게 나눌 수 있는 걸까. 그 사실을 누구에게 고백할 수 있을까. 제이미에게 고백했다면, 제이미는 분명 '내가 더 잘할게'라고 말할 것이고 더 노력을 할 것이다. 그럴수록 제임스는 더 힘들어질 것이다.

　「레볼루셔너리 로드」(샘 멘데스, 2009)에서 부부의 삶은 아주 작은 불통들이 쌓이고 쌓여 커다란 비극이 되어 갔다. 언제나 좋은 남편이 되려고 부단히도 노력해온 남

자와 그 노력은 충분히 고맙지만 자신의 욕망은 어딘가에 내팽개쳐진 듯한 느낌을 지울 수 없는 여자. 둘 사이의 실금이 커다란 균열이 되어 수습이 불가능한 상태에 직면하지만, 남자는 이 사태가 언제부터 어떤 식으로 빚어진 것인지를 도저히 깨달을 수가 없다. 여자는 사랑받는 아내로서 많은 노력을 해왔지만 결국엔 자신을 이렇게 항변한다.

진실이 좋은 게 뭔지 알아? 아무리 오래 거짓되게 살았어도 진실은 잊히지 않는단 거야. 그저 사람들이 거짓말을 더 잘하게 될 뿐이야.

숱한 노력을 해가며 겨우겨우 중산층이라 불릴 만해질 때까지 희생을 마다한 적 없었다고 스스로 믿었던 남편의 귀에, 여자의 이 말은 이해하기 힘든 말이었다. 이런 비극은 두 사람의 등 뒤에서 커다랗게 덩치를 부풀리며 보란 듯이 항상 서 있었다. 다만, 그걸 발견할 능력이 없었거나 표현할 능력이 없었을 뿐이다.

어떻게 하면 사랑이란 걸 잘 줄 수 있는지를, 좋은 어른이 되고 싶은 사람들은 궁리한다. 사랑을 잘 주는 일은 그래서 곧잘 자기계발서의 주요 아이템이 되어왔다. 특히, 구애의 기술에 대해서는 매뉴얼이 차고 넘친다. 자신의 사랑이 잘 전달되기를 갈망하는 사람이라면 어느 정도의 매뉴얼이 머릿속에 그럴듯하게 장착되어 있다.

반면, 어떻게 하는 것이 사랑받는 자의 제대로 된 행동인지, 잘 사랑받으려면 어떻게 해야 하는지를 배울 수 있는 지침들은 거의 없다. 사랑을 받는다는 것은 결여와 반대에 있는 입장이기 때문이다. 결여 없이 시작되는 노력과 궁리는 없기 때문이다. 사랑을 받는 자는 사랑에 대하여 굳이 궁리하고 배울 필요가 없다고 여긴다.

타인의 사랑을 행복하게 받고 살다 보니 나도 모르게 그 사람을 착취하고 있었다는 느낌을 지울 수 없다든가, 지속되던 사랑이 잠시라도 끊겼을 때에 현격하게 자존감이 떨어지고 불안을 느끼는 중독적인 상황이라든가, 「숏

버스」에서처럼 자신이 사랑받고 있다는 명백한 사실로부터 소외감을 느끼게 된다든가, 「레볼루셔너리 로드」처럼 사랑의 대타자 역할만을 수행하다 파리해지는 모멸감을 더는 견딜 수 없다든가…… 독립된 개체로 살아야 한다, 지나치게 의지하는 것은 금물이다, 성장 과정 속에서 부모가 그 롤 모델을 못한 탓이다, 대화로 해결하라…… 그 럴듯한 충고들이 횡행한다. 그러나 시시콜콜 모든 것을 보고하고 모든 것을 함께하는 연인이 어떻게 해야 독립된 개체가 될 수 있는지를 실제로 알고 있는 이들은 드물다. 독립된 개체로 살다가 사랑을 포기하는 일이 발생할까 봐 전전긍긍한다. 지나치게 의지하는 것은 어느 정도의 의지인지, 의지를 하라고 어깨와 무릎을 내주는 연인의 호의 앞에서 어떻게 해야 되는지 난감하다. 이 미묘한 것들을 제대로 표현하며 대화하는 일에 엄두를 낸다 한들, 어느 한쪽이 귀를 기울이기보다는 섭섭함이나 노여움을 표출해버리는 것이 대화의 결말일 것 같아 미리 허무해진다.

내가 사랑하는 사람이 나의 사랑으로 인해서가 아니

라 다른 것들로 인해서 더 큰 행복을 느낄 수도 있다는 것. 내가 사랑하는 사람이 사랑의 충만함과는 별개로 고독해질 수 있다는 것. 오래된 연인이 함께해온 많은 방식을 어느 한쪽은 익숙해져 안온해하는 반면, 어느 한쪽은 지루해져서 변화와 모험을 욕망할 수도 있다는 것. 다른 사랑을 추억하고 상상할 수도 있다는 것. 사랑받는 자의 천성적인 그릇이 작아서 어떤 경우는 너무 넘쳐 받아내다 지칠 수도 있다는 것. 예민하던 사랑이 둔감해져가는 자연스러운 사실에 대하여 한 사람은 생활이 되어간다며 안도감을 느끼지만 한 사람은 상실감으로 받아들일 수도 있다는 것. 가장 잘 알고 있다고 생각하는 사랑하는 사람을 가장 모르고 있는 사람이 바로 나일 수도 있다는 것.

이 어쩔 수 없는 모습 앞에서, 사랑은 언제나 서툴다. 사랑을 충분히 받아온 입장에서는 이 결여를 입 바깥으로 꺼내어 대화를 시도한다는 것 자체가 죄스럽다. 오해를 살까 봐 두려워 그저 견디기만 할 뿐이다. 그것이 사랑을 좀먹고 두 사람을 좀먹을 때까지.

포옹

약속은 지켜지지 않을 가능성을 남겨둡니다. 즉 약속은 어떤 계약이 아니지요. 사랑에 있어 계약이란 존재하지 않지만, 서약은 있을 수 있습니다. 서약을 통해 어쩌면 나는 그것을 지킬 수 없다 하더라도 그리고 약속을 지킬 수 없는 것이 반드시 (누군가의) 잘못이 아니라고 해도, 그 서약을 지키고 싶은 바람을 나에게 약속하는 것입니다. 혹시라도 서약이 깨졌을 때 '누구의 잘못이지?'라는 문제는 다른 문제입니다.°

일을 마치고 그녀는 자연스레 이어지는 술자리를 뒤로 한 채 슬그머니 빠져나왔다. 북촌의 골목을 걸었다. 대부분의 상가는 셔터를 내렸고 골목은 어두웠다. 카메라를

○   장 뤽 낭시, 『신 정의 사랑 아름다움』, 이영선 옮김, 갈무리, 2012, pp. 139~40.

멘 연인들이 적지 않게 골목을 지나다니고 있었다. 풍문여고의 담벼락을 지나갔다. 교복을 입은 조그마한 여학생이 교복을 입고 안경을 쓴 조그마한 남학생을 꼭 끌어안고 서 있었다. 언제부터 그러고 있었는지 언제까지 그러고 있을 건지, 전혀 알 수 없을 정도의 정적이 두 아이를 감싸고 있었다. 행여나 그녀의 시선 때문에 그들이 포옹을 해제할까 봐서, 자꾸 그쪽으로 향하는 시선을 애써 돌려 빠른 걸음으로 골목을 빠져나왔다. "참 좋을 때다" 하는 혼잣말을 내뱉으면서.

두 아이는 점점 더 가까워졌을 것이다. 포옹이 아니고서는 더 이상 가까워질 방법을 몰랐을 것이다. 그래서 포옹을 했을 것이다. 이제 두 아이는 서로가 서로를 위해 내어줄 수 있는 최대치의 시간을 내어주며 함께할 것이다. 그리고 언젠간 남남이 되어 헤어질 것이다. 헤어질 때에 한 사람이 한 사람을 버리는 형국이 될 수도 있고, 서서히 사랑이 식어가다 멀어질 수도 있을 것이다. 어찌 됐건, 그 둘은 서로가 서로를 포옹했던 그 방식을 거의 그대로 차용하여 다른 사람을 만날 것이다. 거의 비슷한 방식으로 고백을 할 것이다. 거의 비슷한 방식으로 포옹도 키스도 할 것이다. 첫사랑에게서 받았던 상처를 공유하며 서로를 위로해주고 측은하게 여기는 통과의례를 추가하게 될 것이다.

포옹하는 아이들이 있던 골목의 다음번 골목에서 그녀는 E를 만났다. E에게 자신이 목격한 장면을 이야기해 주었다. 자연스레 그들의 어설펐던 첫사랑에 대한 이야기로 이어졌다. 두번째 사랑과 세번째 사랑과 네번째 사랑과 그 이후 몇 번째인지 기억도 안 나는 지나간 사랑에 대해서도 이야기를 이어갔다. E의 사랑의 역사를 경청하며 그녀는, E가 어떤 부분에 관하여 가장 치명적으로 바보 같은지를, 어떤 부분에 관하여 적절한 자기 보호 장치가 있는지를 가늠했다. 그녀도 E에게 그런 부분들을 들켜가고 있었다. 못난 구석을 후련할 정도로 들켜버린다는 점 때문에, 지나간 사랑에 대한 실패담은 E와 그녀 사이의 밀도를 높여주고 있었다. 어쩔 때엔 함께 눈물이 그

렁거렸고 어쩔 때는 함께 푸하하 웃음을 터뜨렸다.

이튿날 그녀가 늦잠을 자고 일어나 세수를 하다 거울을 볼 때였다. 각자 어떻게 이별했는지에 관해서는 세세하게 이야기를 했지만, 어떻게 사랑하게 되었는지에 관해서는 뭉뚱그려 표현했다는 것이 생각났다. 어째서였을까. 눈빛을 읽고 속마음을 읽고 작은 행동과 몸짓에서 배어나온 온갖 사랑의 고백에 서로 끌려 사랑을 시작하던 그 순간은 차마 말로 표현할 수 없는 영역이어서 그랬을까. 그 달콤한 것들은 후일담이 되기에는 너무도 쑥스럽고 낯 뜨거운 것이어서 그랬을까. 아니면, 사랑에 빠졌던 순간의 황홀은 사랑을 나누면서 두 사람이 즐겨 재생하는 레퍼토리이기 때문에, 사랑을 폐기하면서 함께 폐기되어버린 것일까.

헤어짐의 과정에서 나누었던 실수와 실언, 언쟁과 싸움, 악담과 폭력, 기어이 어느 한쪽이 비열함을 보여주고 나서야 매듭을 짓는, 잔인한 마지막 절차들을 그들은 왜 그토록 세세히 기억하고 있던 것일까. 희미해진 기억에다 대고 온갖 편집술을 동원하여 그럴듯한 인과성을 애써 빚어내면서까지, 자기 자신에게 유리하게 기억을 왜곡하면서까지, 이별의 상처에 대하여 말하게 되는 이유는 무엇일까. 실패와 상처를 끝없이 재구성함으로써 그로부터 거리를 둔 채 성숙해지고 싶은 욕망인 걸까. 이별은 혼자서 묵묵히 삭혀온 영역이므로, 마음속 깊은 곳에서 해결되지 않은 앙금으로 남아버린 탓일까.

사랑을 시작하는 두 사람은 온전히 포개어진 시간을 통해 더 깊은 행복으로 진입한다. 하지만 사랑을 끝내는 두 사람은 서로 다른 기억 속에서 서로 다른 절망으로 각자 빠져든다. 시작된 사랑에 대하여는 두 사람이 같은 회고를 할 수도 있지만, 끝낸 사랑에 대하여는 두 사람의 회고에 입장 차이가 크다. 사랑이 깨진 이유에 대해서라면, 두 사람의 이야기는 전혀 다를 수밖에 없다. 서로가 서로에게 피해자로 남기 쉽다. 부분적 진실만 존재하고 전체적인 진실은 허구에 가까워진다. 있었던 이야기라기보다 지어낸 이야기가 되어간다. 어차피 지어낸 이야기라면 실컷 지어낼 수 있다. 지어내어 회고할 때마다 스스로는 점점 더 그럴 수밖에 없었던 사람이 되어가고, 상대방은 점점 더 그러지 말았어야 했던 사람이 되어간다.

그 어두운 밤, 풍문여고의 담벼락에서 두 아이가 서로를 포옹한 채 가만히 서 있었던 것처럼, 사람들은 자신의 씻을 수 없는 상처를 그런 식으로 안아줄 수는 없는 걸까. 망각에 의해서든, 회복에 의해서든, 또다시 사랑을 믿고 사랑을 실천할 힘을 그런 식으로 얻을 수는 없는 걸까.

아직도 어딘가에서 그녀에 대한 악담을 하고 있을지도 모를 한 사람에게 그녀는 연락을 해보고 싶어졌다. 차 한잔할래, 하고 느닷없는 연락을 건네어 그 사람을 불러내고 싶어졌다. 상식에 입각하지 아니한 채로, 체면도 없고 자존심도 없는 사람처럼 그 사람을 마주하고 앉아보고 싶어졌다. 그 사람에게 자신이 얼마나 사랑스러운 사람이었는지를 세세하게 말해주고, 지어내어서라도 말해주고, 하지만 믿을 수 있을 만큼만 과장되게 말해주고, 얼마나 고마웠는지, 받았던 사랑이 살아가는 데에 얼마나 큰 힘이 되는지를 말해주고 싶어졌다. 어차피 어느 쪽으로든 지어낸 이야기일 바에야 기왕이면 사랑할 수밖에 없었던 사연들을 지어내어 구구절절 세세하게 말해주고 싶어졌다. 그녀와 함께 사랑으로 걸어 들어갔던 그 입구에서의 아름다웠던 모습이 그 사람의 진짜 모습이었음을, 사랑을 끝낼 때의 그 엉망진창인 모습은 그 사람의 진짜 모습이 아니었다고 말해주고 싶어졌다. 정말로 그녀가 그렇게 할 수 있다면, 그 사람은 그녀의 얘기를 어떻게 들을까. 그녀와 마주 보기 위해 차 한 잔을 마시러 나와주기는 할까. 아니, 과연 그 사람에게 연락을 취할 만용이 그녀에게 있을까. 아마도, 그럴 리는 없을 것이고 그래서도 안 되는 것이다.

그녀는 그녀의 기억이 그녀가 형상화해낸 허구임을 잊지 않기로 했다. 기억 속 괴물을 꺼내어 마치 실재하는 괴물인 양 누군가에게 과장되게 편집하여 발설하는 일만은 하지 않기로 했다. 어떤 학교의 담벼락 아래에서 검은 밤에 검은 교복을 입고 포옹하고 서 있을 무수한 두 아이가, 그 자리에 그대로 영원히 있을 수 있다면 얼마나 좋을까. 그 아이들을 방해하지 않으려고 애써 눈길을 피해 걸음을 재촉했던 그날 밤의 그녀처럼, 무수한 기억이 그 곁을 조용히 지나갈 수 있다면 얼마나 좋을까.

상처를 남기고 종결된 사랑은 대개 초라함과 추악 사이에 놓여 있다. 상처를 남기지 않고 종결된 사랑은 별로 없다. 사별의 경우가 아니고서는 사랑했던 사람을, 사랑이 시작될 때의 그 아름답던 사람으로 기억해주는 이 역시 별로 없다. 이미 초라함과 추악 사이에 버려진 사랑을 스스로의 발화로 인해 보다 더 초라하고 보다 더 추악한 것으로 재편하면서까지 자신의 실책을 덮어버리려 해서는 안 된다. 차라리 지나간 사랑은 봉인해야 옳다. 입을 다무는 게 낫다. 마치 처음 포옹을 하던 그 순간처럼, 윗입술과 아랫입술을 온전히 포갬으로.

대화는 잊는 편이 좋다

그녀는 오랜 친구 F의 소개로 G를 만났다. 그녀가 못 가진 면을 가졌다는 점에서 그녀는 F만큼이나 G를 좋아했다. 농담이 오가는 자리에 함께 앉아 있기만 해도 그 시간이 참 좋았다. F와 G가 나란히 앉아 있을 때에, 맞은편에 앉아서 그들이 서로 주고받는 팽팽한 농담과 입담을 듣고 있자면 유쾌해졌다. 그러나 F와 G가 나란히 앉아 함께 만나는 일이 없게 되었다. F와 G의 사이에 안 좋은 일이 일어난 듯했다. F가 그녀를 불러내면 더 이상 그 자리에 G가 있지 않은 것에 대하여 그녀는 궁금했지만 알려 하지 않았다. 그러던 어느 날, G에게서 연락이 왔다. F를 조심하라고 G가 충고했다. 그녀는 F를 잘 모르고 있다며 상세한 사연들을 덧붙였다. 충고이자 제보이자 경고인 G의 말에 어떤 반응을 보여야 할지 그녀는 잠시 머뭇거렸다. 시큰둥한 반응을 일부러 가장했고, 듣고 싶지 않은 이야기라고 잘라 말했다.

F는 어떤 사람일까. G는 그녀보다 F에 대하여 더 많이 알고 있는 사람이 맞을까. 아무것도 모르고 있을 F와 경고를 해주는 G 중에 누가 나쁜 사람일까. 그녀는 '나는 저 사람을 잘 알아'라는 식으로 말할 수 있는 그 확신이 미덥지 않았다. 동시에 G의 경고에 흔들리지 않았다고 말할 수 없는 자기 자신이 그녀는 못마땅했다. 어떤 악담의 말을 듣는다 해도, 흔들림 없이 F를 좋아할 수 있을 만큼 F를 신뢰하고 있지 않았던 것일까. 오래 알고 지낸 사이일 뿐, F에 대한 자신의 우정이 얕을지도 모른다는 회의감이 들었다.

그녀는 F에 대해 까맣게 잊고 있던 기억들을 하나씩 들추어보았다. 몇 가지 좋은 기억이 떠오르면 G는 F에 대해 질 나쁜 제보를 한 모사꾼 같았고, 몇 가지 찜찜한 기억이 떠오르면 G의 제보가 일리 있게 여겨졌다. F와 G.

그녀는 둘 다 좋은 사람이라 여기며 지내왔다. 자신에게 좋은 사람인 것과 원래 좋은 사람인 것은 별개의 문제이며, 누군가가 완전히 나쁜 사람일 수만도 좋은 사람일 수만도 없다는 걸 그녀가 모를 리는 없었다.

F와 G의 사이가 나빠지고 나자, 그 사이에 끼어 있던 그녀는 두 사람을 향한 자신의 온정이 훼손당하지 않으려 애를 썼다. 누군가는 적극적으로 둘 사이에 개입하여 화통한 화해를 시도할 수도 있겠지만, 그녀의 성격으로는 어림도 없었다. 살면서 누군가는 그런 그녀를 섭섭해 하다 돌아서기도 하였고, 또 누군가는 그런 그녀를 오히려 미더운 사람이라며 곁을 오래 내주기도 했다.

오랜 친구 H는 그녀의 새 친구 I에 대하여, 그녀가 당혹해할 말을 하곤 했다. 그런 사람이랑 도대체 무슨 대화를 하느냐는 둥, 목소리며 표정에 가식이 많다는 둥. I는 H와 살아온 내력이 많이 달랐고, 지향하는 삶도 많이 달랐다. H가 I를 폄훼하는 것에 당혹스러울 때면 화제를 돌리는 게 그녀가 할 수 있는 전부였다. H와 I를 함께 만날 때도 더러 있었다. 그때마다 그녀는 H가 I 앞에서는 아무 내색을 하지 않는 것에 안도했다. 어느 날, 당분간 아무도 만나지 않고 혼자 지내고 싶다는 말만을 남기고 H는 그녀와 멀어졌다. 이후로 H는 I와 가장 가까운 친구가 되어갔다. 간혹 만났지만 I와 그녀 사이도 예전 같지는 않게 되었다. 속 깊은 이야기는 삼가는 어정쩡한 사이가 되어갔다. I와 그녀는 H의 이야기는 하지 않았고 묘하게 긴장하는 사이가 되어갔다.

그녀는 H의 속마음을 자주 헤아려보았다. 그녀는 자신이 무언가 잘못한 게 있겠지 했다. 자신의 잘못을 헤아려보는 일은 끝이 없었다. H와의 인연이 거기까지였을 뿐이라고 단념해보기도 했다. 세월이 지나면 만날 사람은 다시 만나겠거니 했다. H를 그렇게나 오래 만나왔지만, H가 원래 어떤 사람인지 전혀 알지 못했다는 자책도 자주 들었다. H를 헤아려볼 때마다 그녀를 가장 괴롭게 했던 것은, H가 I 앞에서 그녀를 폄훼했을 가능성이었다.

그녀가 느꼈던 불편함을 I도 느꼈을 것 같았다.

우정도 사랑만큼이나 안전할 리 없고 평탄할 리 없다.
강렬한 격정도 없이, 독점욕도 없이 그러했다. 왜냐하면
우정에도 권력이 미묘하게 침투하기 때문이다. 영향력이
라는 권력. 우정의 이면에 밴 질 나쁜 영향력이 관계를 훼
손할 때가 많았다. "너는 걔를 잘 몰라." "걔를 조심해."
"걔는 원래 그런 애야." 충심에서 우러나온 듯한 말로, 소
중한 사람에게 영향력을 행사하는 것. 그런 경고를 취하
는 사람에게 불순한 의도를 감지하기는 어렵다. 불순한
의도가 없다고 스스로를 우선 속이므로.

단둘의 관계라면 눈앞에 보이는 모습 그대로를 천진
하게 보아주고 믿어주면 되었다. 여럿이 함께 친구가 될
때가 언제고 문제였다. 불현듯 제삼자가 되어 양쪽의 이
야기를 따로 들어야 할 때에, 양쪽의 이야기가 서로 상이
해질 때에, 영락없이 질 나쁜 영향력을 배달받았다. 둘 중
한쪽을 믿는 일은 쉬웠다. 둘 다를 믿지 않는 걸로 마음

을 다잡는 것도 그다음으로 쉬웠다. 그녀가 G를 믿지 않고 F의 편에 서기로 선택하는 일, 어정쩡해진 I와의 관계를 H와의 관계처럼 멀리하기로 선택하는 일이 그녀에게도 가장 쉬운 입장 정리였다. 하지만 자기 자신을 대신해서 다른 이를 제삼자의 불편함으로 내모는 일을 그녀는 선택하지 않기로 했다.

그녀는 G가 해준 경고를 잊기로 했다. F를 그녀가 보아왔던 모습으로만 보기로 했다. 불편하지만 I를 계속해서 만나기로 했다. 궁금하지만 H와는 어느 정도의 시간을 두기로 했다. 그녀는 쉬운 입을 어렵게 다루고, 어려운 귀를 좀더 예민하게 다루기로 했다. 귀가 대화 너머를 제대로 번역해내지 않는다면, 그 귀와 연결된 입은 더 큰 과오를 저지르기 십상이니까. 편안한 우정의 한가운데에서라면, 더욱더 해이해지기가 쉬우니까.

귀는 언제나 입에게 경고한다. 쉽게 말하지 말라고. 입은 언제나 귀에게 애원한다. 함부로 내뱉는 말을 잊어

달라고. 친구든 연인이든, 칭찬이든 악담이든, 교감을 위한 것이었든 단지 푸념이었든, 그 어느 쪽이 되었든, 대화는 잊는 편이 좋았다.

대화를 하고 있는 줄로만 알았다

그녀는 지금 혼자서 카페에 앉아 있다. 옆 테이블의 대화를 엿듣는다. 옆 테이블의 대화 너머에서 옆옆 테이블의 대화도 들려온다. 뒤쪽 테이블의 대화도 들려온다. 대화도 들리지 않는 먼 테이블에서는 표정과 앉음새로 대화가 상상이 된다. 끊임없이 대화가 태어난다. 태어나자마자 상처를 입고 시들고 병이 든다. 태어나자마자 사망을 한다. 대화를 하면서 저마다 사랑을 잃어가는 게 보인다.

한 사람이 오랜 머뭇거림 끝에 비로소 입을 연다. "할 얘기가 있는데, 너랑 의논을 하고 싶어." 그 사람을 바라보던 사람은 고개를 돌려 저쪽을 바라본다. 할 이야기를 들어보기도 전에, 할 이야기가 있다는 말 자체에 지레 부담을 느끼는 듯하다. 할 얘기가 있다던 사람의 입속에 고인 말들은 심장 속으로 되돌아가 숨어버린 듯하다. 자연스레 두 사람은 할 얘기를 다음 기회로 미루고, 그렇고 그런 대화들로 어색한 순간을 때우기 시작한다.

한 사람이 아이를 데리고 나타난다. 기다리던 한 사람과 마주 앉아 밥을 먹고 디저트가 테이블 위에 올라와 있을 무렵, 한 사람이 아이에게 휴대전화를 건네준다. 아이는 휴대전화를 두 손에 꼭 쥐고서 게임에 열중한다. 그 사람은 이런저런 속 얘기를 꺼내놓기 시작한다. 아이에 대하여 이야기하기 시작한다. 아이가 같은 테이블에 앉아 있으니 적나라한 단어는 목소리를 소거해서 거의 입 모양만으로 전달한다. 아이는 계속 게임에 열중한다. 아무리 열중한다 해도 엄마가 입 밖으로 발설하는 이야기가 자기 이야기임을 모를 리 없다. 휴대전화를 건네주고 건네받은 것은 이 모녀에겐 거래와 다름이 없는 것 같다. 너는 이 세계로 들어가 내가 지금부터 하는 이야기를 들을 수 없는 사람이 되어라. 나는 게임을 실컷 할 수 있는 특혜를 얻었으니 엄마가 하는 이야기는 못 들은 걸로 할게

요. 이 모녀는 이 거래가 오래 반복해온 습관처럼 숙련되어 있는 듯하다. 아예 아이를 없는 사람 취급을 하며 엄마는 아이에 대한 걱정들을 늘어놓는다. 아이는 눈빛 하나 흔들리지 않고 오로지 게임에 열중한다.

한 사람이 ○라고 말한다. 한 사람은 ×라고 대답한다. 한 사람이 다시 ○라고 말한다. 한 사람은 다시 ×라고 대답한다. 한 사람은 다시 표현을 조금 바꾸어 ○라고 말한다. 한 사람도 표현을 조금 바꾸어 ×라고 말한다. ○라고 말하는 사람은 계속해서 ○만을 말하고, ×라고 말하는 사람은 계속해서 ×만을 말한다. 표현을 바꿔가며, 예시를 바꿔가며, 관점을 바꿔가며 서로 끝없이 같은 말을 반복한다.

한 사람이 오랜 머뭇거림 끝에 비로소 입을 연다. "할 얘기가 있는데, 너랑 의논을 하고 싶어." 그 사람을 바라보던 사람은 미간을 찌푸리며 "꼭 지금 해야 하는 이야기야?" 하고 응한다. 기껏 용기를 내어 말을 꺼냈는데 말투가 그게 뭐냐며 입을 실룩거리는 사람과 매사에 너무 진지하고 복잡하게 생각해서 좋은 시간을 번번이 무겁고 버겁게 만든다고 투덜거리는 사람이 마주 앉아 있다. 하려던 이야기는 이미 의미가 사라지고, 말투와 태도에 대하여 트집을 잡고 실랑이를 벌인다. 실랑이 끝에, 비로소 차분함을 되찾은 사람이 "그래서 하려던 이야기가 뭔데?" 하고 뒤늦게 묻는다. 하려던 이야기가 있었던 사람은 말한다. "됐어." 말해보라고 의논을 해주겠다고 다그치기 시작하는 사람과 됐다는 말만을 반복하는 두 사람이 마주 앉아 있다.

한 사람이 한 사람에게 불만을 털어놓는다. 말끝이 흐리고 원망이 가득한 눈빛이다. 참고 참다가 비로소 그간의 억울했던 일들을 하소연하는 듯해 보인다. 듣고 있던 사람은 눈물을 흘리기 시작한다. 미안하다고 말하기 시작한다. 미안하다는 말 뒤에 곧장 "그런데 말이야" 하면서 자기 입장에 대한 항변이 이어진다. 사과의 형식이 전제돼 있긴 하지만, 기나긴 항변은 뉘우침이라기보다는 어쩔 수 없었음에 대한 토로이다. 그러다 울음이 거세지기 시작한다. 자기 자신에 대한 동정심이 그 뒤를 잇는다. 때로는 동정심 위에 자학의 언어가 쏟아져 나온다. 울음은 그의 모든 발음을 뭉개고 있다. 억울함을 하소연하던 사람은 입을 다물고 그 이야기를 소화한다. 손을 뻗어 울고 있는 사람에게 휴지를 건네며 다독이기 시작한다. 이해한다는 말이 이어지고 더 잘 이해하려고 노력해보겠다는 다짐이 이어진다. 울던 사람의 눈물은 서서히 멈추기 시작한다. 두 사람의 대화는 하소연을 한 사람과 사과를 한 사람의 대화라기보다는 참을 수 없는 사람과 참아달라는 사람의 협박에 가까워 보인다. 참아달라는 협박에 참아보겠다고 손을 내민 사람은 너그러움이 묻어나오는 표정을 짓고 있지만 굴종에 더 가까워 보인다.

한 사람이 한 사람에게 갑자기 언성을 높인다. 답답해서 목소리가 커졌다고, 자상한 어조로 설명까지 덧붙인다. 다시 언성을 높인다. 거친 숨을 섞으며 고개를 돌린 후, 다시 한 사람을 직시하고서 언성을 높인다. 한 사람은 눈을 내리깔고 자신을 직시하고 있는 눈을 회피한다. 침묵으로 일관하며 우박처럼 따갑게 쏟아져 내리는 목소리들을 뒤집어쓰며 앉아 있다. 말의 내용을 듣기보다는 언성의 높이를 견디고 있는 것으로 보인다.

한 사람이 ○ 라고 말한다. 한 사람은 × 라고 대답한다. 한 사람이 다시 ○ 라고 말한다. 한 사람은 말을 고쳐 △ 라고 대답을 한다. 한 사람이 다시 ○ 라고 말한다. 한 사람은 또다시 말을 고쳐 □ 라고 대답한다. 한 사람이 다시 ○ 라고 더 명료하게 말한다. 한 사람은 마침내 ○ 라고 말하며 고개를 끄덕인다.

"요새 어떤 일이 있었냐면" 하고 한 사람이 세세히 경험담을 펼쳐놓으려 한다. 한 사람과 마주 앉은 사람이 눈을 동그랗게 뜬다. 팔꿈치를 테이블에 올려 턱을 괸다. 몸을 좀더 앞으로 기울이며 경청할 준비를 한다. 한 사람은 말을 잇는다. "그런데 나는 정말 그렇게 할 수밖에 없었어"라는 고백이 이어진다. 고백은 점차 항변 비슷한 것으로 나아간다. "내가 잘한 건지 도무지 모르겠어." 오래 이야기를 경청하던 사람은 테이블 위의 팔꿈치를 거두어 들이고, 몸을 뒤로 빼어 의자에 기댄다. 그 사람으로부터 조금 멀어진다. "그래, 잘했어." 마주 앉은 사람의 응답에 고백했던 사람은 겨우 안심을 한다. 마주 앉은 사람은 이내 화제를 바꾼다. 다른 이야기를 하고 싶은가 보다. 저 사람은 자신이 지금 무슨 말을 해야 하는지 정답을 알고 있는 사람인 것 같다. 속마음은 아무래도 숨겨둔 것처럼 보인다. 말하던 사람은 말하던 사람대로, 듣고 있던 사람은 듣고 있던 사람대로 각자의 갈무리가 남은 듯하다. 표정을 리셋하고 앉음새를 리셋한다. 그 순간부터 발생되는 진심들이 새어나가지 않도록.

어제도 그제도 그녀는 이 카페에서 비슷한 장면들을 목격했다. 아마 내일도 마찬가지일 것이다. 비슷한 각도로 쏟아져 내린 햇살 아래에서 비슷한 각도의 어긋남을 그녀는 엿듣고 있다. 모두의 입술에서 그녀도 한번쯤 누군가에게 했을 법한 말들과 조우한다. 자신이 당사자였을 때 그녀는 자신의 대화가 관계를 건사하는 데에 도움이 될 거라고 믿었다. 그때에 그녀는 그게 대화인 줄로만 알았다. 대화를 하고 있는 줄로만 알았다. 어렵고 버거웠지만, 용기를 내어 대화를 시도했고 사랑을 돌보려 무던히도 애를 썼다. 애를 쓰는 만큼 나아질 거라고 믿었다. 대화를 통해서 사랑 없음을 들키고 있을 거라고는 추호도 생각하지 못했다.

용서와 용인과 용기

"도대체 그 사람을 어디까지 용서해야 할까."

회한에 한숨을 섞어 J가 말했다. 겨우 혼잣말처럼 말하는 J 앞에 앉아서, 그녀는 자신에 대해 생각했다. 그녀도 누군가의 앞에서 똑같은 말을 읊조린 기억이 있었다. 현명한 누군가가 현명한 답을 해주리라 기대하지는 않았고, 단지 신음처럼 자신도 모르게 새어 나온 말이었다. 그때 그녀는 한 사람을 제대로 이해하기 위하여 그녀가 동원할 수 있는 모든 능력을 동원했다. 그녀가 이해를 하면 할수록 그녀에 대한 무례함이 점점 더 심해져가는 한 사람에게 지쳐가다가, 급기야 모진 마음을 품고 이별을 선택했다. 이별을 선택한 순간에야 그녀는 알게 됐다. 이해를 하고자 했던 그녀의 노력들은 이해의 근처에도 가지 못했다는 것을 인정해야 했다. 이별을 선택한 걸 후회한 적은 없지만, 이해하고 용서하지 못했다는 사실이 께름칙하게 그녀에게 남았다. 그녀가 겨우 그것밖에 안 되는 사람이라는 사실을 스스로에게 들켜 스스로에 대한 실망감으로 하루하루를 살았다. 용서할 줄 아는 마음은 어떻게 얻어지는지 그녀는 알고 싶었다.

그녀는 알게 되었다. 누군가를 어디까지 용서해야 하고, 어떻게 용서를 해야 하는지, 용서는 반드시 해야만 하는지, 처절하게 질문을 해본 적이 누구나 있다는 사실을 말이다. 용서에 대한 우리의 질문은 종교적인 차원에서의 용서의 개념을 제대로 이해하지 못한다면 공허한 넋두리일 뿐이라는 것도 뒤늦게 알게 되었다. 독실한 기독교인이자, 심리치유자이며 작가인 스캇 펙은 이 용서라는 개념을 용인이라는 개념과 대비하여 설명했다. 그럴 수밖에 없었을 것이라고 흐릿한 이해를 앞세운 후 잘못을 저지른 자를 외면하고 체념하는 것을 용인이라고 한다면, 당신의 문제는 바로 이것이라며 잘못을 분명히 해두는 것을 앞세운 후에 그자를 다시 포용하는 것은 용서라고.

그녀는 다시 포용한다는 것을 다시 상처받을 가능성이 열리는 것으로 여겨서, 용서하는 일이 두려운 사람이었다. 다만 체념했고 돌아섰다. 체념하고 돌아선 이후에야 자신에게 상처를 준 그 사람을 겨우 이해할 수 있게 되었다. 제대로 된 이해는 언제고 뒤늦게 찾아왔을 뿐이었다.

사랑에 위기가 올 때에 힘들지 않은 사람은 없다. 자신의 한계를 직시하게 된다. 한계랄 것도 없고 직시랄 것도 없다. 뻔하디뻔한, 좁디좁은 자신의 그릇. 그 초라한 됨됨이 앞에서 원래의 자신보다 좀더 큰 그릇이 되려고, 그걸 억지로 해보려고 애를 쓰느라 남모르게 힘이 든다. 사랑에 위기가 올 때에 서로를 이해하고 용서하는 척을 하느라 힘들어한 적이 없는 사람은 없다. 돌연 처음부터 다시 생각해보게 된다. 내가 왜 나를 괴롭히면서까지 이해와 관용을 한없이 펼쳐야 하는가. 나는 어쩌다가 매번 그런 역할만을 맡는가. 한숨에 회한이 섞인 채로 이렇게 되뇌게 된다. "도대체 왜 내가 그 사람을 용서해야 할까?"

그녀가 사랑해온 사람이 잘못을 저지른다. 그 사람은 용서를 빈다. 그녀는 이해하기 위해 골몰하고 이해할 수 있게 된다. 용서를 바라는 이를 용서한다. 그 사람은 또 잘못을 저지른다. 그녀는 또 상처를 입는다. 또 그녀는 이해를 하고 용서를 한다. 그 사람의 잘못이 반복되고, 자신의 상처가 반복된다. 쉬운 용서로 두 사람 사이를 겨우겨우 이어간다. 그러나 그녀에겐 한계가 온다. 이때에 그녀는 어떻게 해야 할까. 어떻게 해야 상처를 덜 받는 사람으로 스스로를 보호할 수 있을까. 용서는 둘 사이에 어떤 작용을 해온 걸까. 다른 사람들은 도대체 어떤 용기로 자신에게 상처 준 자를 용서하고 포용하며 살아가고 있는 걸까. 오래전에 이별이라는 극단적인 방식으로 체념하고 돌아서야 했을 때에도 그녀에겐 용기가 필요했다. 무척이나 강력한 용기를 장전해야만 했다. 그만한 용기를 그때 낼 수 있었다면, 용서를 하는 일에 그 용기를 썼을 수도 있었을 것이라는 후회를 아직도 미련스레 하고 있다.

스캇 펙이 마치 그녀 같은 사람이 읽으라고 적어둔

듯한 문장을 그녀는 골똘하게 들여다보며 후회를 하다, 반론을 제기하고 싶어졌다. 용서라는 것이 상처를 입힌 자에게 명백하게 잘못을 못 박아두는 일을 전제한다면, 그자가 자신의 잘못은 인정하되 고쳐볼 의지가 없을 경우 어떻게 해야 하는가. 그럴 때에도 용서라는 것이 작동될 수 있는가. 무엇보다 한 사람의 잘못을 못 박을 자격이 과연 인간 개인에게 있기나 한 것인가. 용서를 하고 다시 포용하는 일이 인간의 미덕 중 최종의 미덕인 이유는 무엇인가. 용서도 용인도 없이, 번뇌에 내던져진 채로 아슬아슬하게 하루하루를 사는 일은 용서하는 것보다 어리석기만 한 것인가. 이해를 하고 용서를 하고 포용을 할 수 있게 되었다고 치자. 자신이 용서할 수 없었던 그 잘못을, 그 악행을 저도 모르게 학습해버리고 자신도 물들어버리는 해이로부터 자기 자신을 지키는 방법은 어떻게 익힐 수 있는가.

누군가를 증오해도 증오한 면면을 결국 닮고야 마는 게 사람이다. 누군가를 용서할 때에도 그런 불상사가 빚어질 가능성이 없다고는 말할 수 없다. 용서받은 자가 용서한 자의 미덕을 닮아가는 경우보다 용서한 자가 용서받은 자의 악덕을 닮아가는 경우가 더 빈번하다. 사람을 더 많이 만날수록, 경험이 더 쌓일수록, 세월이 더 흐를수록 용납하기 어려운 사건들을 흐지부지 용납하고 있는 사람이 되어간다.

도대체 어디까지 용서해야 옳을지를 고민할 때에 그녀는 멈칫한다. 용서할 수 있으리라는 기대감을 거둔다. 사람이 그렇게 살아서는 안 된다는 최소한의 윤리마저 자기 자신으로부터 스르르 빠져나가버리는 사태가 두려워서다. 무엇보다 용서하는 주체의 '용서-하다'라는 말의 자격을 그녀는 갖고 있지 않다고 여긴다. 용서라는 말이 용서를 하고 싶어 한 누군가에 의해서가 아니라 용서를 받고 싶어 한 누군가에 의해서 발명된 말 같아서다.

3

세상이 사랑을 방해하지 못하도록

그렇게 하지 않으면 안 되는 시간

아주아주 그리운 얼굴이 있어 그녀는 연필을 잡고 그 얼굴을 그려본 적이 있다. 그 얼굴을 볼 수 있는 방법이 그녀에겐 전혀 없었다. 그리워하고만 있다가 그녀도 모르게 그 얼굴을 그렸다. 연필을 잡고 턱선을 여리게 그었다. 그리고 전혀 그 얼굴이 아니어서 이내 지웠다. 다시 천천히 선을 그었다. 그러고 또다시 지웠다. 그렇게 계속계속 그리고 지우다 보니, 그녀가 쥔 연필 끝에서 그 얼굴이 정확하게 나타났다. 그런 식으로 선을 그었다 지웠다를 계속계속 반복하여 마침내 입술을 그렸고, 귀를 그렸고 눈썹과 눈동자를 완성했다. 몇 날 며칠을 그렇게 종이 앞에 앉아 있었다.

연필을 잡고 있는 동안에, 실패한 선들을 지우개로 지

우고 지우개 가루를 호호 불어버리는 그 시간 동안에, 그녀는 그리움으로 인하여 괴롭지 않았다. 그리워만 하느라 애가 닳던 시간들은 이미 저 너머로 가 있었고 그녀는 견딜 수 없는 어떤 상태에서 조금 비켜나 있을 수 있었다. 실물도 없이 사진도 없이, 다만 기억만으로 그리운 얼굴을 완성할 수 있었던 그녀의 경험을 무엇이라 이름 붙이면 좋을까. 가려운 부위를 벅벅 긁는 시간과 닮은 것은 아닌지. 치통 같은 것에 복용했던 진통제와 닮은 것은 아닌지. 견딜 수 없을 만큼의 지루함을 게임이나 오락영화 같은 것으로 때우는 것과 닮은 것은 아닌지. 보고 싶은 사람과 연결되어 문자를 주고받거나 화상 채팅을 하는 것하고는 어느 정도 비슷한지. 그녀는 알 수 없었다. 다만, 그때 이후로 그녀는 사람의 얼굴을 선으로 그리는 데에 따른 두려움 같은 게 사라졌다. 그림 실력이 향상되었다는 뜻은 아니었다. 그냥 그리고 싶으면 마음껏 그릴 수 있는 자유가 생긴 셈이었다.

매일매일 자기가 좋아하는 공룡 그림을 열심히 그리

느라, 돌멩이처럼 쪼그리고 앉아 수많은 이면지를 마루 한가득 늘어놓던 조카에게 다가가 그녀가 말을 걸었던 적이 있었다.

"공룡은 이제 많이 그려서 너무너무 잘 그리니까 딴 것도 그려보자. 꽃도 좋고 물고기도 좋고, 다른 동물도 좋겠지."

조카는 눈썹을 찡그리고 아랫입술을 불룩하게 내밀며 대답했다.

"공룡은 만날 수가 없어서 그리는 거예요. 그리고 있으면 꼭 만나고 있는 것 같단 말예요."

공룡을 한 마리씩 담은 채로 마루 위에 이리저리 흩어져 있는 하얀 이면지들을 그녀는 다시 둘러보게 되었다. 더 이상 그저 마루를 어지럽히고 있는 종이들로 여겨지지 않았다. 그녀의 조카는 그림 그리는 걸 좋아해서 그림을 그리고 있는 것이 아니라, 공룡을 잘 그려서 공룡을 그리며 뽐내고 있는 것이 아니라, 자기가 할 수 있는 유일한 방법으로 자기가 가장 좋아하는 공룡을 만나고 있었다. 선을 긋고 공룡이 나타나는 그 순간을 계속계속 즐기기 위해서 그 많은 이면지로 마룻바닥을 어지럽히고 있었다. 어지럽게 펼쳐져 있는 이면지들에는 갖은 포즈를 취하고 있는 갖은 공룡이 그려져 있었지만, 그녀는 그 종이들에서 공룡 그림들이 아니라 조카의 애절한 시간들을 읽었다. 무엇인가를 견디는 시간이었고 동시에 재회의 시간이었고 동시에 시간을 무화시키는 또 다른 층위의 시간이었다.

오랑주리 미술관에서 모네의 〈수련〉 연작을 보았을 때도 그녀는 비슷한 느낌이 들었다. 사람들은 그 그림을 두고 수련이 피어 있는 모네의 정원을 상상할 수도 있고, 모네의 정원에 기웃대는 빛의 다양한 실체를 보며 경이로워할 수도 있다. 모네가 인상주의 화가로서 어떤 경지에 도달했는지, 모네의 예술적 집념이 무엇이었는지를 분석해볼 수도 있다. 하지만 〈수련〉 연작이 주는 경이로움은 화폭에 표현된 것에 국한될 리가 없다. 모네의 수련은 단지 짚 더미이거나 양산을 쓴 여인이거나 바람에 살랑이는 들판이어도 된다. 하지만 하필 수련이, 눈이 멀어가는 노년의 화가 앞에 펼쳐져 있었고 수면에 고요히 그 자태를 드러내고 있었다. 모네는 잘 보이지 않는 시력으로 수련을 바라보았을 것이다. 지금 자신 앞에 펼쳐져 있는 그것. 언제나 한결같이 그 자리에 수런거리고 있는 그것. 그것을 그 큰 화폭에 담아내기까지, 250점에 가까운 연작을 계속해서 그려내기까지 수련은 그 자리에 있었다. 그만한 그림들을 그릴 그만한 시간이 모네에게는 있었다. 이것은 풍경을 그린 것이라기보다는 풍경을 그려낸 시간을 그린 것에 해당된다. 〈수련〉 연작이 인상주의를 넘어서서 추상의 세계를 여는 파격적이고 실험적인 작품이라고 평가를 받는 것도, 모네가 자신의 황량하고 드넓은 시간을 드넓은 화폭에 담아냈기 때문일 것이다.

위대한 화가에게도, 그림 솜씨가 없는 그녀 같은 사람에게도, 이제 연필을 쥘 수 있는 자그마한 손을 가진 그녀의 조카에게도, 그림은 재현의 도구가 아니었다. 도무지 견딜 수 없는 시간을 견디게 하는 힘이었고, 삶을 사랑하고 있고 무언가를 희구하고 있다는 걸 증명하는 시간이었다. 그림을 그린다는 행위가 그대로 목적이 되는 시간. 그림을 그리고 있으면 나타난다는 것. 그것은 기도를 하고 있으면 이루어진다는 것과 닮은 것이었으므로 '현현 epiphany'이라 불러야 옳을 것이다.

　저녁을 함께 먹기로 한 K와 함께 몽파르나스에 있는 공동묘지를 찾아갔다. 입구에 걸린 지도를 보고 그녀는 K의 손목을 잡고 사르트르의 묘지를 향해 저벅저벅 걸어갔다. 사르트르를 읽고 문학을 하게 됐다는 K의 말을 기억하고 있어서였다. 단정하고 반듯한 묘비에는 장 폴 사르트르와 시몬 드 보부아르의 이름이 나란히 새겨져 있었다. 분홍에 주홍에 붉은색 립스틱의 알록달록한 키스 자국이 여기저기 묻어 있었다. 사르트르를 사랑하는 사람들이 남겨놓은 그 입술 자국을 보면서, 그녀는 발치 아래의 들꽃 하나를 꺾어 묘 앞에 놓아두었다. 사르트르를 몹시 좋아했다던 K는 가까이 다가가지도 않고 먼발치에서 못 본 척을 하며 묘지를 두리번거리고 있었다.

　"네가 좋아할 줄 알았는데?"

그녀가 손짓을 하며 K를 부르자 K는 더 딴청을 부리며 무뚝뚝한 표정을 지었다. 그녀는 조금 어색해져서 서둘러 등을 돌려 출구 쪽을 향해 걸어갔다. 그때였다. 그녀를 따라 출구 쪽으로 몇 걸음을 옮기던 K는 다시 발길을 돌려 얼른 사르트르의 무덤에 다가갔다. 팔을 뻗어 묘비에 잠깐 손바닥을 올려놓고 다시 돌아서서 그녀에게 걸어왔다. 그토록 좋아했던 위대한 작가의 무덤을 찾아가 K가 한 행동은 그게 다였다. 식당까지 10여 분을 걸으며 그녀는 생각에 잠겼다. 사르트르가 더 이상 살아 있지 않다는 걸 확인한다는 것이 싫었을까. 너무 좋아해서 애정을 드러낼 엄두도 내지 못한 건 아니었을까. 마음이 편안해질 때까지 그 무덤 앞에 좀더 있어볼걸 그랬나. 아니면 키스 자국들을 보고서 이상한 소외감을 느낀 것은 아닐까.

저녁을 먹으며 마주 앉은 그녀에게 K가 사르트르의 작품을 어떻게 해서 읽게 되었는지, 그의 작품을 읽던 그때 자신의 상황이 어떠했는지, 사르트르를 이렇게 우연히 다시 만나게 되어 기분이 어떤지 등의 이야기를 들려주었더라면 좋았겠지만, 그러지 않았다. 평소 조잘조잘 편안한 수다를 그녀보다 더 늘어놓던 K였지만 유난히 말이 없었다. 무언가를 물어보려다 말고 그녀도 말없이 저녁 식사를 이어갔다. 그녀는 K의 마음속에 다시 고요한 파문을 일으키고 있을 사르트르의 영향에 대하여 상상하고 있는 듯했고, K는 자신의 파문을 조용히 꺼내어 마주하고 있는 듯했다. 자기가 할 수 있는 유일한 방법으로 자기가 가장 좋아하는 작가와 이 테이블 앞에서야 재회하는 중이었으리라. K의 마음속에 어떤 종류의 파문이 일고 있었을까. 그녀는 다만 K의 골똘한 표정에서 '잠시만 나를 혼자 내버려둬달라'는 뜻을 읽었다. 저녁 식사는 즐거운 수다 같은 것이 오가는 화기애애한 시간이 되진 못했지만, 화기애애함보다 훨씬 좋았다.

그녀는 숙소로 돌아가며 생각했다. 이런 시간은 도대체 무얼까. 무언가를 온전히 삭이는 시간이자 무언가에 대해 혼신을 다해 집중하는 시간이었다. 그렇게 하지 않으면 안 되는 시간이었다. 홀림이라 표현한다면 주체의 상태를 수동적인 것으로만 여기는 것이겠고, 몰입이라 표현한다면 좀더 능동적인 상태로 여긴 것이겠지만, 이 시간은 분명 수동성과 능동성의 경계가 사라진 시간이 다. 그렇게 하지 않으면 안 되는 시간일 뿐이다.

혼자를 누리는 일

외로움으로부터 멀리 도망쳐나가는 바로 그 길 위에서 당신은 고독을 누릴 수 있는 기회를 놓쳐버린다. 놓친 그 고독은 바로 사람들로 하여금 '생각을 집중하게 해서' 신중하게 하고 반성하게 하며 창조할 수 있게 하고 더 나아가 최종적으로는 인간끼리의 의사소통에 의미와 기반을 마련할 수 있는 숭고한 조건이기도 하다. 하지만 그럼에도 당신이 그러한 고독의 맛을 결코 음미해본 적이 없다면 그때 당신은 당신이 무엇을 박탈당했고 무엇을 놓쳤으며 무엇을 잃었는지조차도 알 수 없을 것이다.°

○ 지그문트 바우만, 『고독을 잃어버린 시간』, 조은평·강지은 옮김, 동녘, 2012, p. 31.

혼자 잠을 자고, 혼자 밥을 먹고, 혼자 영화를 보러 가는 그녀를 친구는 걱정스러운 눈빛으로 바라본다. 외롭지 않느냐고 조심스레 묻는다. 그녀는 친구의 질문을 곱씹는다. 외로운지 그렇지 않은지. 그러곤 대답한다. 외롭다고. 외롭지만 참 좋다고. 친구는 그게 말이 되냐는 눈빛이다. 괴짜를 바라보듯 씨익 웃으며 그녀를 본다. 그리고 연애를 해야 한다고 주장하기 시작한다. 사랑이 얼마나 활기를 주는지를 설파하며 못내 안타까운 표정을 짓는다. 바로 그때, 그녀는 즐거운 토론을 시작할 마음으로 자세를 고쳐 앉는다.

어쩌면 친구에게 외롭지 않다는 대답을 해야 했을지도 모르겠다. 친구의 도식에 의해서라면, 그녀의 면면은 외롭지 않은 쪽에 가까운 게 사실이기 때문이다. 하지만, 그녀는 정확한 대답을 하고 싶어서 외롭냐는 질문에 긍정을 할 수밖에 없다. 외롭다. 하지만 그게 좋다. 이 사실이 이상하게 들릴 수 있는 건, 외로운 상태는 좋지 않은 상태라고 흔히들 믿어온 탓이다. 그녀는 외롭지만 그게 참 좋다. 홀홀함이 좋고, 단촐함이 좋고, 홀홀함과 단촐함이 빚어내는 씩씩함이 좋고 표표함이 좋다. 그래서 그녀는 되도록 외로우려 한다. 그게 좋아서 그렇게 한다. 그녀에게 외롭지 않은 상태는 오히려 번잡하다. 약속들로 점철된 나날. 말을 뱉고 난 헛헛함을 감당해야 하는 나날. 조율하고 양보하고 희생도 감내하는 나날.

그녀가 가장 좋아하는 시간은 알람을 굳이 맞춰놓지 않고 실컷 자고 일어나는 아침, 좀더 이불 속에서 뭉그적대며 꿈을 우물우물 음미하는 아침, 서서히 잠에서 벗어나는 육체를 감지하며 느릿느릿 침대를 벗어나는 아침이다. 찬물을 벌컥벌컥 마시고, 사과 한 알을 깎아 아삭아삭 씹어 과즙을 입안 가득 머금고, 찻물을 데우고 커피콩을 갈아 까만 커피를 내려서 책상에 앉는 그런 아침이 좋다. 오늘은 무얼 할까. 영화를 보러 나갈까. 책을 읽다가 요리를 해볼까. 혼자서 자기 자신과 상의를 하는 일. 뭐가 보고 싶은지, 뭐가 먹고 싶은지를 궁금해하는 일. 그러면서, 그녀는 소소한 마음과 소소한 육체의 욕망을 독

대하고 돌본다. 외롭다. 그러나 오랜 세월 매만진 돌멩이처럼, 그런 외로움은 윤기가 돈다. 롤랑 바르트는 이러한 시간을 "매끈한 시간: 해야 할 일을 그만두게 할지도 모를 약속도, '해야 할 일'도 없는 시간"°이라고 표현했다.

외로움이 윤기 나는 상태라는 실감은 그녀에게 그리 오래된 것은 아니었다. 외로울 때면 쉽게 손을 뻗어 아무에 가까운 사람과 애인이 되었던 시절도 있었고, 외롭다는 사실과 마주치는 것이 두려워 늘 누군가와 연결되어 아무 말이든 나누어야 잠이 들 수 있었던 시절도 있었고, 혼자서 식당에 찾아가 밥을 먹는 일이 도무지 어색해서 차라리 끼니를 굶던 시절도 있었다. 연락처 목록을 뒤져서 누군가에게 전화를 해야지만 겨우 숨을 쉴 수 있을 것 같은 나날도 있었고, 사람들에게 완전히 잊히는 게 두려워 누군가가 그녀를 생각하고 있다는 확인을 해야 안도가 되는 나날도 분명 있었다. 누군가와 연결이 되어야만 겨우 안심이 되던 그 시절들에 그녀는, 사람을 소비했

○   『롤랑 바르트, 마지막 강의』, 변광배 옮김, 민음사, 2015, p. 358.

고 사랑을 속였고 그녀를 마모시켰다. 사랑을 할수록, 누더기를 걸친 채로 구걸을 하는 거지의 몰골이 되어갔다. 사랑이 사람을 그렇게 만들었다기보다는, 자기 자신의 허접하고 경박한 외로움이 사랑을 그렇게 만들었다. 서로를 필요로 하며, 부르고 달려오며, 사랑을 속삭였던 시간들은 무언가를 잔뜩 잃고 놓치고 박탈당한 기분을 남기고 종결됐다. 그래서 지나간 사랑을 들춰보면 서럽거나 화가 났고, 서럽거나 화가 난다는 사실에 대해 수치스러웠다. 어째서 사랑했던 시간의 뒤끝이 수치심이어야 하는지, 그걸 이해하지 못했다.

지금 그녀는 사랑의 숭고함보다 혼자의 숭고함을 바라보고 지낸다. 혼자를 더 많이 누리기 위해서 가끔 거짓말조차 꾸며낸다. 선약이 있다며 평계를 대고 약속을 잡지 않는다. 아니, 거짓말이 아니다. 그녀는 자기 자신과 놀아주기로, 스스로에게 신중하게 오래 생각할 하루를 주기로 약속을 했으므로 선약이 있다는 말은 사실이기는 하다. 하지만 '나와 놀아주기로 한 날이라서 시간이 없어요'라는 말은 안타깝게도 타인에게 허용되지 않는다. 그러므로 어쩔 수 없이 거짓말을 한다. 거짓말을 하다 하다 지치면 한 달 정도 여행을 떠난다. 여행지에 가족이나 친구가 함께하는 것을 두고, 그녀는 농담처럼 회식 자리에 도시락을 싸 들고 가는 경우와 같다는 표현을 쓰곤 한다. 관광을 하러 가는 것이 아니라, 그녀를 인간관계로부터 언플러그드하러 떠나는 것이다. 오롯하게 혼자가 되어서, 깊은 외로움의 가장 텅 빈 상태에서 새로운 세계를 받아들여야 할 차례다. 감정 없이 텅 빈, 대화 없이 텅 빈, 백지처럼 텅 빈, 악기처럼 텅 빈. 그래야 그녀는 좋은 그림이 배어 나오는 종이처럼, 좋은 소리가 배어 나오는 악기처럼 될 수 있다.

외롭다는 인식 뒤에 곧이어 외로움을 벗어나고 싶다는 욕망이 뒤따르는 일을 그녀는 경계한다. 잠깐의 어색함과 헛헛함을 통과한 이후에 찾아올 더없는 평화와 더없는 씩씩함을 만나볼 수 없어서이기도 하지만, 어쩐지 어딘가에서 감염된 각본 같아서다. 슬프다는 인식 뒤에 곧이어 슬픔을 벗어나고 싶다는 욕망이 뒤따르는 일 또한 그녀는 경계한다. 역시 어딘가에서 감염된 각본 같기만 하다. 외로움에 깃든 낮은 온도와 슬픔에 깃든 약간의 습기는 그저, 생물로서의 한 사람이 살아가는 최소 조건이라는 걸 그녀는 잊지 않고 싶다.

요즘 그녀는 외로울 시간이 없다. 바쁘다. 탁상 달력엔 하루에 두 가지 이상씩 해야 할 일이 적혀 있다. 어쩌다가 달력에 동그라미가 쳐져 있지 않은 날짜를 만나면, 그 날짜가 무언가로 채워지게 될까 봐 조금쯤 조바심도 난다. 바쁠수록 그녀는 얼얼해진다. 얼음에 한참 동안 손을 대고 있었던 사람처럼 무감각해진다. 무엇을 만져도 무엇을 만나도 살갑게 감각되지를 않는다. 그래서 그녀는 요즘 다소 질 나쁜 상태가 되어 있다. 쉽게 지치고 쉽게 피로하다. 느긋함을 잃고 허겁지겁한다. 신중함을 잃고 자주 경솔해진다. 그녀는 그런 자기 자신에게 불만이 부풀어 오르는 중이다. 그래서 매일매일 기다린다. 오롯이 외로워질 수 있는 시간을. 오롯이 외로워져서 감각들이 살아나고 눈앞의 것들이 선명하게 보이고 지나가는 바람의 좋은 냄새를 맡을 수 있는 그녀만의 시간을.

외로워질 때에야 이웃집의 바이올린 연습 소리와 그 애를 꾸짖는 엄마의 목소리가 들려오기 시작한다. 모르는 사람들의 생활에 빙그레 웃을 수 있다. 외로워질 때에야 그녀가 누군가와 어떻게 연결되어 있는지, 어떤 연결은 불길하고 어떤 연결은 미더운지에 대해 신중해질 수 있다. 안 보이는 연결에서 든든함을 발견하고 어깨를 펴기 시작한다. 골목에 버려진 가구들, 골목을 횡단하는 길고양이들, 망가진 가로등, 물웅덩이에 비친 하늘 같은 것들이 눈에 들어온다. 그것들에 담긴 알 듯 말 듯한 이야기들이 들리기 시작한다.

사랑을 사랑-하는-했던 사랑

저는 포토그래퍼입니다

덩치 큰 카메라를 들고 렌즈를 바꿔가면서 사진을 찍었다. 게스트하우스에서 여행자들과 둘러앉아 저녁을 함께 먹는 밤, 한 사람 한 사람, 어느 나라 사람인지, 어디를 거쳐 이곳에 왔는지, 전공이 뭔지, 자기소개를 하는 시간이었다. 그녀는 자신의 직업을 말하고 싶지가 않았다. 그렇다고 거짓말을 지어낼 수는 없고 해서, '제 직업은 말하고 싶지 않아요'라는 말을 하기 위해 어물어물거릴 때, 누군가 그녀의 소개를 대신 해버렸다. "당신은 포토그래퍼입니다." 그녀가 방에서 짐 정리를 하느라, 카메라를 꺼내 둔 걸 보았던 것이다. 그녀는 그냥 고개를 끄덕였고, 그때부터 그녀는 포토그래퍼로 지내기 시작했다.

함께 등산을 할 때에, 함께 마당에서 기타를 치며 놀때에, 그녀가 카메라를 들기만 하면 사람들은 더 근사한자세를 취했다. 예술사진 속의 주인공은 으레 그래야 한다는 듯한 포즈였다. 부자연스럽지만, 부자연스러운 듯한 그 몸짓이 흥미로워서 그녀는 셔터를 더 자주 눌렀다. 친교를 위한 노력 같은 걸 굳이 하지 않아도 사람들은 떠날 때 그녀에게 이메일을 남겨주었다. 사진을 꼭 보내달라고, 감사했다고 미리 말했다. 예술작품 속의 주인공이되어 며칠을 보낸 듯한 뿌듯한 표정을 했다.

집에 돌아와서 그들에게 사진을 보내지는 않았다. 그들의 기대와 그녀의 사진은 격차가 있을 텐데, 포즈를 취하는 그 순간에 그들의 머릿속에는 이미 상상된 예술사진이 인화되어 있을 텐데, 그게 가장 그들이 원하는 자신의 모습일 텐데. 그녀 또한 그들을 찍기 위해 셔터를 눌렀던 것은 아니었다. 그녀가 담고 싶은 프레임에 인물의실루엣 정도는 들어와 있는 게 나을 것 같아서 그들의 모습을 빌렸을 뿐이었다. 그들은 그녀가 어떤 장소에서 지냈는지 기억하기 위한 사물들 중 하나였던 것이다. 적어도 사진 속에서는 말이다. 한동안 그들은 이메일 계정에 로그인할 때마다, 여행지에서 만났던 어느 사진작가에게서 사진 몇 점이 도착해 있을지도 모른다는 설렘을 가졌을까. 사진을 보내주지 않을 작정이라는 걸 깨닫게 되었을 때에는 예술가들의 도도함에 대해서 콧방귀를 뀌었을까.

포토그래퍼로 위장을 한 그녀의 폴더 속에는 포토그래퍼가 아니기 때문에, 용도가 없을 사진들이 담겨 있다. 그녀 혼자 가끔 열어보고 말 사진들이다. 이름도 기억나지 않는 사람들이 사진 속엔 담겨 있다. 혼자서 흔들대던 그네, 나무 등걸을 기어오르던 거미, 잎사귀 아래에 숨어 있던 벌레들과 함께.

내 피사체가 담은 피사체

미술관에서, 같은 속도로 같은 동선을 돌던 한 사람을 그녀는 카메라에 계속해서 담고 있었다. 그는 혼자였고, 이따금 카메라에 눈을 대고 사진을 찍고 있었고, 항상 미소를 머금고 있었다. 입꼬리를 아주 약간만 움직여서 살짝 웃은 다음, 입꼬리를 이내 원상 복구하는 그의 표정을 그녀는 담고 싶었다. 관람객이 적당히 있고 조명이 좋은 그곳에서, 그 사람을 조금씩 신경 쓰며 그녀는 은밀히 파파라치 놀이를 하고 있었다. 한 시간 정도가 흐른 뒤에야 그 사람도 그녀처럼 누군가를 몰래몰래 카메라에 담고 있었다는 걸 알아챘다. 한 사람이 그에게 다가와 손을 내밀어 다 사용한 듯한 필름 한 통을 건네자, 그 사람이 배낭에서 새 필름을 꺼내어 주었다. 그리고 두 사람은 잠시 손을 맞잡았다가 놓았다. 연인으로 보였다. 두 사람은 다시 얼마간의 거리를 두고 멀어졌다. 뒷짐을 진 채 작품을 들여다보다가, 휙 돌아서서 두리번거렸고 카메라에 눈을 댔다. 그때부터 그녀는 두 사람 모두를 한 프레임에 담기 시작했다. 그녀가 셔터를 누르려던 순간, 그가 그녀를 향해 고개를 돌렸다. 찍는 순간을 찍히게 되었다. 그는 카메라를 든 손을 그녀에게 흔들어 보였다. 그녀도 손을 흔들며 웃어 보였다. 미술관 옆 카페에서 커피 한 잔을 앞에 두고 있을 때 그들이 그녀에게 다가왔다. 그녀는 그들과 함께 커피를 마셨다. 그들은 사진을 전공하는 학생들이었다. 1학년 때부터 줄곧 커플이었다고 말하다 두 사람은 서로 마주 보고 웃었다. 졸업작품전 때문에 오늘 사진을 찍으러 왔다 했다. 그녀 소개를 할 차례가 되었고, 그녀는 얼버무리다 사진작가라고 자신을 소개했다. 아마추어예요,라는 말은 최대한 우물거리듯 자그맣게 말했다.

두 대의 카메라, 두 개의 메모리 카드

그녀의 카메라는 항상 당신을 주시하고, 당신의 카메라는 항상 그녀를 주시했다. 두 대의 카메라가 동시에 서로를 주시하기도 했다. 그녀의 메모리 카드에는 당신의 모습들이 가득하고, 당신의 메모리 카드에는 그녀의 모습들이 가득했다. 숙소로 돌아와, 그녀와 당신은 서로의 메모리 카드를 슬롯에 넣었다. 자신의 모습이 담긴 것들을 골라내어 노트북에다 옮겨놓았다. 같은 풍경을 다르게 찍은 사진들이 휙휙 지나갔다. 어떤 장면에선 그녀가 당신을 뒤따라 카메라를 들었고, 어떤 장면에선 당신이 그녀를 뒤따라 카메라를 들었다. 10초 정도의 시차가 있는 사진도 있고, 10분 정도의 시차가 있는 사진도 있었다. 그녀가 찍은 사진에서 고양이는 저만치에서 빼꼼 쳐다보고 있는데, 당신이 찍은 사진에서 고양이는 그녀 앞에 다가와 있었다. 잔디밭에 길게 드리워진 당신의 그림자와 함께, 벤치에 누워 낮잠을 자던 그녀의 모습이 있었다. 한 권의 책을 고르기 위해 당신이 서점에서 오래 고심하고 있을 때에 그녀는 바깥에 나갔다. 쇼윈도에 비친 그녀의 실루엣과 겹쳐진 당신의 책 보는 모습을 카메라에 담았다. 숙소로 돌아오는 길에선 마지막 모퉁이를 돌 때 도로반사경을 발견했고, 그 앞에서 그녀와 당신은 어깨동무를 하고 거울 속을 카메라에 담았다. 둘이 같이 찍은 사진은 이거밖에 없네, 하며 당신이 모니터를 들여다보고 있을 때에, 그녀는 들고 나갈 배낭 속에 트라이포드를 따로 챙겨두었다. 내일은 셀프타이머를 사용해봐야지 하면서.

자르기 기능

니키 리의 〈Parts〉 연작들은 두 사람 중 한쪽이 잘린 프레임들을 보여주는 것으로 잘려 나가고 없는 프레임들을 드러낸다. 자른 사람은 사진에 남은 저 여인일까. 잘린 사람들은 복수複數이기 때문에, '자르기'를 수행했을 가능성이 낮다. 왜 잘랐을까. 사랑했던 순간은 남겨둔 채 연인만을 삭제했다. 사랑만 사랑하고 사랑했던 사람은 사랑하지 않게 되었다는 결론인 걸까. 사랑하던 그 사람이 아니라 사랑을 하던 자기 자신만을 남겨두겠다는 의지일까. 잘려 나간 인물은 한 사람이 아니라 여러 사람이다. 자르기 기능을 수행하면서, 조금씩 흔적을 남겨놓지 않으면 한 사람을 줄곧 사랑해온 줄 착각하게 될 것이므로, 기억이 조작되지 않기 위해 타인을 살짝 남겨놓는 정교함까지 수행했다. 이 사진은 누가 찍은 것일까. 사진작가가 찍은 것일까. 사진 속 여인과는 어떤 관계일까. 어째서 저 내밀한 사적 공간 속에 번번이 함께할 수 있었을까. 그럴 자격이 있는 사람은 당연히 사진 속 여인뿐이지 않은가. 사진을 찍은 사람과 피사체가 동일한 경우, 그러니까 연출에 의한 것이라면, 이 내밀한 사랑의 영역은 어떻게 해석되어야 할까.

여기서 니키 리는 질문을 한다. 네가 본 것이 맞다면, 너의 사랑은 어떤 것이냐고. 사랑을 수행해온 너는 누구를 모사한 것이었냐고. 무엇을 위한 모사였느냐고. 삭제된 타인들에 대하여 상상할 수 있느냐고. 삭제된 연인 1을 삭제된 연인 2의 단면에 두면 어떻게 될까. 사진마다의 개별성이 뭉개지겠지. 잘려 나간 프레임 속 타인들이 더 이상 유일무이한 개별자가 아니게 될 때에, 이 여인이 겪은 일들을 '사랑'이었다고 계속 불러도 될까.

이별은 사랑했던 흔적을 최대한 지우는 일을 우선 수행해야 한다. 흔적은 사랑의 부재를 강력하게 호소하므로, 그리하여 모종의 잔인함을 함께 드러내게 되므로, 온전히 소멸되도록 해야 한다. 그래야 사랑했던 기억을 가까스로 오염시키지 않을 수 있다. 그러기 위해서 사랑했던 순간보다 더 깊이 이별을 사랑해야 한다. 사랑했던 순간보다 더 열심히 이별을 간수해야 한다. 이별을 간수하는 가장 용이한 방식이 '자르기'를 통한 삭제라는 것에 동의할 수 있는지. 그녀는 이것이 니키 리가 던진 마지막 질문이라 생각한다. 사랑하는 줄 알았던 가장 소박한 순간들을 비예술적으로 연출하고, 연출된 타인의 시선 속에 들어가 천연덕스럽게 피사체가 되는 것. 피사체가 된 자신을 자신이 아니라고 단정 짓지는 못하겠다고 그녀는 생각한다. 그걸 빼면 도무지 자신이 남아 있지 않을 것 같아서. 사랑을 사랑하는 사랑은 사랑이 아니지 않냐는 말도 그렇다면 할 수 없을 것이다. 그걸 빼면 도무지 사랑을 한 번도 해보지 못한 사람이 될 것 같아서. 이별과 이별하는 것을 두려워하는 것이 뭐가 나쁜가. 이별과 사랑하게 되는 것을 두려워하는 것과 뭐가 다른가.

나는 포토그래퍼가 아닙니다

그녀는 미술관에서 만났던 사람들의 사진을 다시 열었다. 한 프레임 안에 들어와 있기는 하지만, 왼쪽과 오른

쪽 가장자리에 두 사람이 각각 서 있던 사진들을 반으로 잘랐다. 그리고 두 사람에게 각각 전송했다. 받아보리라 믿으며 열심히 피사체를 연기했던 이들에게 그녀는 뒤늦게 그들의 사진을 보내주었다.

그리고 폴더를 하나 더 생성했다. 도로반사경을 찍은 사진들을 폴더 속에 모아보았다. 도로반사경의 동그란 거울 속에 비친 두 사람 중 한 사람은 그녀다. 도로반사경의 동그란 거울 테두리를 따서 delete 키를 눌렀다. 간단했다. 두 사람은 간단히 삭제됐다. 두 사람만 사라졌을 뿐인데, 더 이상 사진은 아무런 느낌도 그녀에게 주질 않았다. 아니다. 아무 느낌도 주지 않게 되자, 색다른 느낌을 주었다. 이유가 있는 기억이 이유가 없는 기억이 되어버렸다. 이유가 없는 기억은 참으로 밋밋했다. 밋밋해졌구나, 하는 순간에 그녀는 무서워졌다. 괴물처럼 아가리를 벌린 슬픔 같은 게 그녀의 뒤통수에 도착해 있는 것만 같았다.

사진들을 보냈으나 아무에게도 답장은 오지 않았다. 메일을 보내며 "실은 저는 포토그래퍼가 아닙니다"라고 적었기 때문일까. 그사이, 이메일 주소가 바뀐 것일까. 그녀의 사진이 고작 아마추어의 사진에 불과하다는 걸 뒤늦게 알게 되니, 받으나 마나 한 사진이 되어버린 걸까. 미술관에서 만난 사람들은 지금쯤 사진작가가 되었을까. 그사이 헤어져버렸다면, 졸업작품전에 출품한 작품들 속 피사체들을 어떻게 간직하고 있을까. 두 개의 폴더 속, 서로의 작품 속에 담겨 있는 자신의 모습을 서로 교환했을까. 아니면 폐기했을까. 작품이 된 옛 연인의 사진은 어떻게 간수되어야 하나. 삭제해야 하는 것일까. 포트폴리오의 첫 줄도 함께 삭제되어야 할까.

니키 리의 사진들이 연출된 사진이 아니었다면 똑같은 질문이 그녀에게 남았을 것이다. 하지만, 니키 리의 사진들은 연출된 것이니까 작품으로서 안전하다. 그런데, 그녀는 어째서 이 작품들이 연출된 사진이라고 믿고 있는 것일까. 당연하다. 아마추어가 아니니까. 그렇다면 사랑의 경우는 어떠한가.

이별 없는 세대

우리는 만남도 없고, 깊이도 없는 세대다. 우리에게 깊이는 끝 모를 나락이다. 우리는 행복도 없고 고향도 없고 이별도 없는 세대다. 우리의 태양은 희미하고, 우리의 사랑은 비정하고, 우리의 젊음은 젊지 않다.°

어렸을 때 그녀는 사랑하는 건 쉬웠고 이별하는 건 어려웠다. 사랑을 시작할 때 그녀는 그저 그녀가 원하는 대로 할 뿐이었다. 여러 헤아림을 안중에 두지 않았다. 그에 반해 이별을 할 때에는 그녀가 원하는 그 반대로 해야 했다. 그녀가 원하는 것들을 모조리 외면하고 무시하는 지독함이 필요했다. 아무리 주먹을 꽉 쥐고 이를 앙다물어도 쉬운 일이 아니었다. 좀더 나이를 먹고서 그녀는 사랑

°   볼프강 보르헤르트, 『이별 없는 세대』, 김주연 옮김, 문학과지성사, 2018, p. 95.

을 시작하는 것만큼 이별도 쉽다고 생각했다. 널린 게 사랑 같았기에 사랑을 그다지 소중하게 여기지 않아서 얻을 수 있는 쉬움이었다. 사랑이 소중하지 않으니 이별은 시시했다. 그 누구도 심장 속에 각인되지 않았다. 그 시절에 그녀는 보르헤르트의 『이별 없는 세대』를 만났다. 이 소설의 어떤 점을 그렇게나 좋아했는지에 대해서 그녀는 기억나지 않았다. 작가의 이름과 작품의 제목과 좋아했다는 사실만이 어렴풋하게 기억에 남아 있을 뿐이었다. 어떤 느낌으로 좋아했는지는 기억나지 않아도 좋아했다는 것은 기억에서 선명하다는 점이 그 시절 그녀에게 찾아온 사랑들-이별들과 많이 닮았다고 생각했다.

어쩌면 그 청춘의 시간은 일찍이 노인이 되어버린 시절인지 몰랐다. 노인처럼 세상을 다 산듯 살았으나 노쇠하지는 않아서, 희망을 희구하지 않았고 너절한 삶을 용서하지도 않은 채로 환멸을 에너지 삼아 숨을 쉬었다. 소중한 것이 없었다. 소중한 것이 없다는 감각만이 소중했다. 그래서 몸과 마음을 아무 데나 두는 것이 기꺼웠다.

그런 시절을 오래오래 천천히 통과한 후에, 원하지 않았지만 철도 조금 들게 되었을 때에, 그녀는 사랑이 어려웠고 이별은 쉬웠다. 스스로를 믿지 않았기 때문에, 사랑 앞에서 예전처럼 그녀가 그녀에게 시키는 그대로 할 수는 없었다. 그녀에게 사랑받을 만한 구석이 없다는 것을 인정하게 되었다. 손을 내밀거나 내민 손을 잡는 일은 그래서 병적인 상태에 돌입하는 것처럼 여겨졌고 꺼려졌다. 이별은 쉬울 수밖에 없었다. 엉뚱한 자리에서 헤매다 겨우 제자리로 돌아온 안락함이 곧 이별의 증상이었다. 그 시절엔 일상으로 돌아오고 싶어서 이별을 감행했다. 어려운 수학 문제를 간신히 풀었을 때의 명쾌함, 하기 싫은 대청소를 먼지 한 톨 없이 해냈을 때의 쾌적함, 켜켜이 쌓인 숙제를 해치웠을 때의 홀가분함 같은 것이 이별의 자리에서 그녀를 반겼다. 경박에 가까울 만큼 경쾌해지는 이별의 자리가 오히려 사랑의 자리보다 안락했다. 사랑하지 않을 때에야 비로소 안전함을 느꼈다.

이후로 그녀는 사랑의 과도함도 이별의 비정함도 용

납할 수 없게 되었다. 이 세상은 사랑과 이별이 멸종된 이후의 세계 같았다. 사랑 없는 세대의 연애와 이별 없는 세대의 무감만이 횡행하는 것처럼 보였다.

하지만, 연애에 대해 무감한 청춘들에게서 다른 면모에서의 삶의 방식을 정비하는 듯한 모습을 발견하기 시작했다. 그 어느 시대보다 자기 자신에 대한 사랑이 더 커다래진 시대. 하지만 자기 자신을 사랑할 시간도 부족한 시대. 쉽게 변질되는 사랑과 쉽게 인성을 망가뜨리는 이별을 겪는 일을 이 시대의 청춘들은 굳이 하려 하지 않는다. 연민도 시혜도 자기 자신에게 우선권을 주고, 물질적·정서적 풍요도 자기 자신에게 가장 우선권을 준다. 배려도 스스로에게 하고, 돌봄과 아낌과 희생도 스스로가 스스로에게 행한다. 식당에서 물만 셀프로 따라 먹는 게 아니라, 주유소에서 주유만 셀프로 하는 게 아니라, 모든 인생에서 스스로에게 그렇게 한다. 자기 자신만을 사랑하는 두 개체가 서로 연맹을 하듯 사랑하기도 한다. 그녀는 자신의 자격 없음을 직시하면서부터, 무엇보다 현실을 직시하면서부터 폐기해버렸던 것들이 새로운 형식이 되어 태어나고 있는 것을 발견하기 시작했다.

네가 느끼는 분노가 나를 살아 있게 해

―「아가씨」(박찬욱, 2016)

히데코: 남자들은 여자들의 무지에 대해 각별해하는 것 같아. 무지한 여자라면 쉽게 정복할 수 있다고 여기는 것도 그렇지만, 무지한 여자를 계몽하는 기분을 특히나 즐기지. 남자들은 여자들의 무지에 집중하면서 어떤 식으로든 개입을 하는데, 그 욕망은 하도 집요해서 차마 다른 경우들을 예측할 겨를도 없는 것 같아. 무지한 여자가 무지해 보일 뿐 실은 무섭도록 지혜롭다는 걸, 단지 생존 조건 때문에 무지를 연기하고 있을 뿐이란 걸 눈치챌 겨를이 없지. 때론 자신이 교육의 대상으로 바라보기 시작했던 어린 여자애가 얼마나 눈부시게 진화해가는지 그 변화를 알아볼 겨를이 없지. 자기 욕망에 너무 취해서. 자기 기분에 너무 도취된 나머지. 나는 남자들이 지닌 그런 류의 무지가 참 좋더라. 그런 어리석음은 이용하기가 참 좋

지. 이용당하면서도 자신이 이용당한다는 걸 알아챌 여력이 없는 그 집념이 참 좋아.

숙희: 남자들은 생각해본 적 있는 걸 질문해줄 때에 늘 이렇게 말하지. "음, 좋은 질문이야." 그리고 짐짓 진지한 표정을 짓고 신중하게 답을 하지. "내가 해봐서 아는데……"로 시작되는 경험담을 영웅담처럼 늘어놓지. 그렇지 않은 경우도 가끔 있기는 해. 그럴 때 남자들은 이렇게 말을 꺼내지. "음, 그건 너무 어려운 질문이야." 그러곤 일축하지. 해서는 안 되는 생각이라고 일갈하거나 위험한 생각이라며 입을 다물게 만들지. 어떤 쪽이든 간에 남자들은 질문을 받고서 새로운 생각이란 걸 하지 않아. 생각했던 것을 생각할 뿐이야. 그래서 남자가 남자에게 질문을 할 때에는 언제고 상대를 시험에 들게 하거나 상대의 시험으로부터 합격하기 위한 목적이 따로 있지. 답을 예상하고 적절한 질문을 고를 뿐이야. 기억해? 우리의 질문은 항상 절박했지. 대답에 따라 인생이 완전히 바뀔 만큼. 나의 절박한 질문에서 너의 절박한 대답이 돌아왔

던 때를 나는 사랑의 순간이었다고 느껴. 사랑이 그렇게 시작됐고 그렇게 사랑으로 인해 인생이 송두리째 바뀌었고, 그러므로 당연히 너와 함께 사랑을 완성하고자 하는 의지가 생기는 거지. 너와 함께하는 일이라면 실패한 인생이거나 억울한 인생이어도 후회하지 않는 것. 그 절박했던 우리의 질문과 대답을 나는 사랑의 고백이었다고 말하고 싶어. 그 밖의 사랑의 고백은 그다지 의미가 없다고 느껴.

'여성이 원하는 것'은 남성에게 공포를 불러일으킨다. 정의되지도 않고 알 수도 없는 '여성이 원하는 것'은 남성에게 무기력과 수치심을 느끼게 한다. 프로이트뿐만 아니라 대개의 남성들에게 여성은 '검은 대륙'이다. '검은 대륙'에 접근하지 못하고 두려움에 떨고 있는 남성들이 짜증스럽고 히스테리컬하게 말한다. "도대체 요점이 뭐야! 원하는 게 뭐야!"○

○ 「남성이 요부가 될 때」, 『혼자서 본 영화』, p. 50.

히데코: 남자들은 다 똑같지. 신사처럼 차려입은 사람들도 신사처럼 행동한다는 점을 제외하면 다 똑같지. 자신이 뭐 대단히 다르다고 생각한다는 점마저도 다들 똑같지. 지긋지긋하게 똑같아서 백 명이 한 명 같고 한 명이 백 명 같아. 단 한 사람이 나에게 다가와 내 눈을 똑바로 쳐다보며 구애를 한다고 해도 그런 남자를 처음 만나보았다 하더라도 백번째 이런 눈을 본 것 같다고! 백 명이 한꺼번에 나를 이런 눈으로 보는 것만 같다고! 내 인생을 망치러 왔으면서 구원자가 되어주겠다고 온갖 호언장담을 산처럼 쌓아놓지. 깔끔한 신사복을 차려입고 푸르게 면도를 한 얼굴로 정중히 무릎을 꿇고 구애의 말을 꺼낸다 한들, 그것이 깨끗한 말이 될 리는 없지. 하루에 백 명의 여자에게 해대는 고백만큼이나 타락한 고백이지. 하지만 숙희야, 너는 내가 그런 신사들에게 읽어줘야 할 책들을 찢고 책장을 난폭하게 넘어뜨렸지. 나를 망치겠다는 듯이. 동시에 너를 망치겠다는 듯이. 네가 느끼던 분노가 나를 살아 있게 했어. 네가 행하는 그 난폭한 폭력들이 나를 구원했어.

숙희: 미안하지만 현실 세계엔 억지로 하는 관계에서 쾌락을 느끼는 여자는 없습니다.° 미안하지만 현실 세계엔 남자를 사랑하는 방법을 아는 여자를 만날 자격이 있는 남자는 별로 없답니다. 미안하지만 현실 세계엔 남자들의 다분한 무지와 다분한 몽매와 다분한 눈멂에 대하여 아주 약간 연민하는 여자들이 드물게 남아 있을 뿐입니다. 여자들의 다층적이고 복잡다단하고 예민하고 사려 깊은 삶에 아주 커다란 걸림돌이거나 아주 커다란 흉터였던 남자를 여자들은 오래오래 애도하고 있을 뿐입니다. 애도의 행렬은 생각보다 길고, 애도의 시간은 생각보다 지루하고, 애도의 절차 속에 아직도 많은 여성이 수순을 밟고 있지만, 애도는 언젠간 끝나기 마련입니다. 여자들이 오래오래 준비해온 우애와 사랑, 그 관능의 세계를 바라볼 준비를 어서 서두르십시오. '하는 기쁨'은 이런 것입니다. 가르쳐달라고 애원하는 사람에게 가르쳐줄 것이 없다고 감탄하는 것. 둘 사이에 있는 하는 기쁨을 한

○ 정서경·박찬욱, 『아가씨 각본』, 그책, 2016, p. 169.

껏 부러워해주세요.

구애가 필요치 않은 사랑

L의 이야기에서 어딘지 모를 새로움이 풍겨 나온다고 그녀는 느꼈는데, 그건 모두 자전거를 탔기 때문에 가능한 것이었다. L은 자전거를 타고 강변을 오래 달리는 게 요즘의 큰 즐거움이라 했다. 한번은 L이 자전거를 차에 싣고 그녀가 사는 동네까지 찾아왔다. 그녀는 자전거를 끌고 L이 기다리던 카페로 나갔다. 마주 앉아 커피를 마시는 동안에, L은 수첩을 꺼내어 그림을 그리고 숫자를 적어가며, 자전거에 대해 자신이 아는 모든 것을 설명해주었다. 자신이 가입한 자전거 동호회 얘기를 해주었다. 탄탄한 직장을 때려치우고서 자전거 수리점을 차린 사람의 이야기, 자전거를 돌보기 위한 정보를 주고받다가 알게 된 사람의 인생 이야기…… 자신이 접해본 부류가 아니었다. 낯선 세계에서 살아온 낯선 사람들을 만나는 재미를

자전거는 L에게 선물해주고 있었다. 자전거는 있지만, 재래시장에 가거나 가까운 거리의 약속 장소에 갈 때 이동 수단으로만 사용을 해오던 그녀는 자전거가 얼마나 과학적인 기계인지에 대하여 생각을 해본 적이 없었다. 자전거로 새로운 인연을 만나게 될 가능성도 짐작해본 적이 없었다. 그녀는 귀를 쫑긋 세우고 L의 이야기를 듣다가 새로운 사실을 발견했다. 이제 L은 연애 이야기를 하지 않는구나 하고. 우리 사이에서 언제부터인가 연애 이야기가 사라졌구나 하고. 무언가에 깊숙이 빠져들었기 때문에 가능할, 깊은 이야기는 우리에게 얼마든지 많았다.

얼마 전에 만난 M은 갖가지 새로운 술을 탐구하는 재미로 산다고 했다. 맥주에서 막걸리로, 막걸리에서 와인으로, 와인에서 위스키로 관심 범위를 점점 넓혀가고 있다고 했다. M이 권해서 그녀는 처음 들어본 이름의 위스키를 한 모금 맛보았다. M은 그녀에게 그 맛을 표현해보라며 눈을 동그랗게 뜨고 쳐다보았다. 그녀의 표현이 시시하면 M의 표정은 시무룩해졌고 그녀의 표현이 괜찮으면 M은 무척이나 기뻐했다. 그런 식의 기쁨이 M에겐 유일한 낙이라고 했다. 젊었을 때부터 술과 사람을 좋아했지만, 이제는 탐닉하는 술의 범위가 넓어져 사람을 만날 시간이 없다고 농담처럼 말했다. M의 이야기를 들으며, 그녀가 좀처럼 이해를 하지 못했던 N이 떠올랐다. 처음 알게 되었을 당시에 N은 새로운 음악을 찾아듣는 것을 무척이나 즐기고 있는 상태였다. N이 골라주는 음악만 들어도 그녀는 평생 동안 들을 음악을 이미 확보해둔 것 같았다. 그만큼 정보량이 많았고 정보의 질도 탁월했다. 중년이 된 N은 이제 음악을 듣지 않는다. 식물을 키우는 일에 완전히 몰입해 있다. 식물을 어떻게 하면 더 건강하게 키울 수 있는지에 대하여 중요한 정보들을 모으는 중이다. 음악과 식물 사이, N의 몰입 여정은 다채로웠다. 한때는 역사 공부에 푹 빠져 있어서 만날 때마다 처음 듣는 야사들을 들려주었는가 하면, 한때는 영어 공부에 푹 빠져 있어서 당장이라도 유학을 갈 것 같은 기세였고, 한때는 악기들을 배우고 연주하는 재미에 푹 빠져 있었다. N을 만나면 N의 어설퍼서 귀여운 연주를 감상하는 재미를 맛볼 수가 있었다. 뜨개질과 요리와 커피와 캠핑이 그 뒤를 이어서 N이 몰입할 세계로 낙점되어왔다.

만날 때마다 등산 갔던 이야기를 세세히 들려주던 O에게 그녀는 시간이 그렇게 많냐며 핀잔 섞인 농담을 건넨 적이 있었다. O는 착잡한 표정을 지으며, 산에 가보면 저절로 알게 될 거라고 그녀에게 답했다. 이따금 그녀는 제방 창밖으로 산등성이를 바라보다가 O의 마음을 알 것 같은 기분이 들었다. 계절마다, 아침저녁마다 다른 느낌을 주며 그녀의 창문을 가득 채우고 있는 산의 한결같음이 유독 또렷하게 느껴질 때가 있었다. 산을 바라보고 있는 것만으로도, 알면 알수록 실망만 보태는 사람을 외면하고 있는 것만 같아져서 그게 좋았다. 사람에겐 뒤통수만 보여주고 저 산에게 자기 얼굴을 보여주는 게 그녀로서는 평화로움을 유지하는 유일한 방법 같을 때가 더러 있었다.

사랑에는 구애, 몰입, 애착의 세 단계가 있다고들 한다. 이 단계론에 이견이 없다면, 산을 향한 이러한 몰입과

애착은 구애의 단계를 건너뛴 사랑으로 간주해도 무방할
것 같다. 이런 류의 몰입은 사람에 대한 사랑과는 달리,
구애의 절차가 필요치 않다. 구애의 이전 단계인 단순한
호기심이면 충분하다. 구애의 성공이나 실패와 무관하게
곧장 몰입의 단계로 접어들 수가 있다. 누군가에겐 그저
취미 생활처럼 치부될 이 몰입과 애착의 세계는 누군가에
겐 가장 큰 낙이 될 수 있다. 사람이 전혀 필요하지 않거
나, 사람조차 그 범주 안에서 사귀는 일이 가능해진다. 물
론 실패하고 낙담하는 시간을 고스란히 겪을 수 있다. 인
간에게 겪은 실패와 조금 다른 면이 있다면, 자신의 한계
를 좀더 냉정하고 신속하게 깨달을 수 있다는 점이다.

산책은 이미 오래전에 구애의 한 부분으로 자리
잡았다. 산책은 돈이 안 들고, 연인들에게 공원에서
든 광장에서든 큰길에서든 샛길에서든 부분적인 사
적 공간을 마련해준다.(연인의 오솔길 같은 으슥한
곳은 완전한 사적 공간을 마련해주기도 한다.) 행진
은 한 집단이 연대를 확인하고 조성하는 방법인 것처

럼, 한 걸음 한 걸음 나란히 걷는다는 이 섬세한 행위는 두 사람이 감정적, 육체적으로 한편이 되는 방법인 것 같다. 두 사람이 처음 한 쌍이라는 느낌을 갖게되는 것은 그렇게 함께 저녁을 보내고 함께 거리를 지날 때, 그렇게 함께 세상을 누빌 때인 것 같다. 함께 걷는 행위, 아무것도 안 하는 것과는 다르면서도 아무것도 안 하는 것과 가장 비슷한 그 행위를 통해서 두 사람은 대화를 이어나가야 할 필요나 대화를 피하게 해주는 다른 일에 열중할 필요도 없이 함께 있음을 한껏누릴 수 있다.°

리베카 솔닛이 제안하는 산책도 구애가 필요치 않다. 구애의 절차가 자연스럽게 스며드는 행위이다. 평범하디평범한 행위인 산책. 걷는 것. 나란히 걷는 것. 같은 길 위에 서서 같은 시간을 보내는 것. 마주 보는 것이 아닌 것. 구애의 방식보다 더 깊고 정확한 구애 같다.

° 리베카 솔닛, 「도시의 밤거리: 여자들, 성(性), 공공장소」, 『걷기의 인문학』, 김정아 옮김, 반비, 2017, p. 372.

안정감

안정과 모험은 사회가 구성원의 심리를 조직화한 결과다. 안정의 차원은 자신의 주변을 통제하고 미리 예견하는 능력으로부터 비롯되는 반면, 모험은 자신의 사회적 정체성 혹은 어떤 일을 처리할 줄 아는 지식에서 새로운 도전을 감행하고픈 감정이다.°

그녀는 하루하루가 불안했다. 불안이 언젠가는 가라앉게 되고 안정적인 일상이 도래할 것이라고 믿었던 시절도 있었지만, 이젠 믿지 않는다. 물질이든 경력이든 사람이든, 얻었다고 믿었던 안정들은 얇디얇은 유리보다 더 깨지기 쉬운 것이었다. 겨우 얻은 것들이 언제 부서질지 몰라 불안했고, 더 얻어야 할 것들을 얻기 위한 더 큰 노력이 첩

° 「낭만적 상상에서 실망으로」, 『사랑은 왜 아픈가』, p. 424.

첩산중처럼 눈앞에 펼쳐졌다. 그녀는 막막했다. 한 번도 무엇을 얻어본 적 없이 그 이미지만을 끊임없이 대여해온 것 같았다.

소위 성공의 레퍼토리를 몸소 실현한다고 해서, 그래서 개인의 형편이 좀더 나아진다고 해서, 가중된 불안으로부터 헤어날 수 있는 권리가 그녀에게 생기진 않는 것 같다. 아마도 다른 이름의 불안으로 옮겨가는 일이 생길 것이다. 평생 불안해하다 죽어버리는 수밖엔 없을 것이다.

서울 같은 거대 도시 공간은 2인분을 위한 상업으로 점철돼 있다. 2인분부터라야 가능해지는 음식 배달부터 시작해서 두 사람만을 위한 선택지들이 도처에 널려 있다. 커플을 위한 이슈들은 1년 내내 거리에 즐비하다. 이런 도시 공간 속에서 혼자 식당엘 가고 카페에 가고 극장에 가는 일을 꿋꿋하게 해나가던 많은 솔로는, 이유 없는 허기와 구체성 없는 갈망에 휩싸이게 된다. 그럴 때에 그것이 '사랑의 부재' 때문이라고 손쉽게 속단할 수 있다.

짝을 찾기 위해 두리번거리게 된다. 짝을 찾아서 무엇을 함께 도모할지에 대하여는 궁리한 바가 없는 채로 짝을 챙겨 곁에 둔다. 2인분을 위한 소비 산업 구조 속에서 쓸쓸하게 홀로 누렸던 모든 문화생활을 둘이 함께하는 것으로 사랑을 전개한다. 데이트에 드는 비용은 만만치가 않다. 어찌어찌하여 굳건한 커플로 무르익어간다 해도, 연애를 지속할 것이냐 결혼을 할 것이냐의 기로에서 씁쓸한 계산을 뒤로 주춤주춤 챙기기 마련이다. 이전의 불안이 또 다른 불안으로 옮겨가고 있다는 것을 알아채기 시작한다.

결혼도 안정적 삶을 보장하지는 않는다. 각고의 노력과 철저한 헌신을 담보해야 한다. 책임감으로 중무장을 해야만 한다. 비로소 철이 들기 시작했다고 스스로를 다독인다. 혼자 살 때에는 필요치도 않았던 물품들에 자리를 내어주면서부터 더 넓은 집이 필요해진다. 은행에 빚을 지는 처지가 된다. 사회적 지위에 걸맞은 소비들을 영위하느라 카드 부채에 허덕이는 처지가 된다. 물가가 오르는 만큼 연봉이 오를지라도, 품위 유지를 위한 소비는 끝없이 고공 행진을 한다.

사랑이라는 이름으로 누군가를 곁에 두되, 다른 노선은 정녕 없는 걸까. 불안으로부터 벗어나기 위해서가 아니라 불안을 연료로 사용할 수는 없는 걸까. 이 시스템으로부터 이탈하는 데에 필요한 용기를 서로 보태기 위한 두 사람. 거대하고 획일화된 악습들의 연쇄 속으로 빨려 들어가는 관성을 멈추기 위해 뜻을 같이하는 두 사람. 시스템의 바깥에서 자기 자신의 내적 질서와 부합되는 새롭고 자그마한 시스템을 함께 모색하는 두 사람. 이인삼각처럼 헛둘헛둘 발을 맞추는 것에 사랑을 사용하면 좋겠다. 목표를 향해서 헛둘헛둘 뛰어가는 게 아니라, 목표를 지워버린 채로 출렁이는 불안의 요동에 리듬을 맞춰 그렇게 하면 좋겠다.

시스템 속으로 진출하는 일과 안정적인 입지를 욕망하는 일과 그럼으로써 더 큰 불안의 수렁 속을 헤매는 일을 그만두는 일. 새로운 경험의 세계로 입성하여 불안의 출렁임을 함께 즐길 용기를 내어주는 일. 경력보다는 경험을, 사회적 입지보다는 세계에 대한 태도를, 안정보다는 표류를 함께 도모하는 일. 삶에 관하여 영원히 딜레탕트로 남는 일. 불안에 관하여 가장 전문적이고 능란해지는 일. 이런 일을 함께할 사람을 곁에 두는 생을 그녀는 사랑이라고 명명하고 싶다.

4

나는 나와 나 사이에 있는, 신이 망각한 빈 공간°

○   페르난두 페소아

그때는 사랑이 많은 사람이 되어 만나자°
— 이병률,『바다는 잘 있습니다』

수신자의 마음: 든 멍이 나가다

시를 읽고서 위로를 받았다고 고백하던 사람들의 말을, 나는 지금껏 허투루 들어왔는가 보다. 아니, 위로라는 말이 시와 연루되어 있다는 사실이 어딘지 불편했다. 시의 지위가 행사할 힘은 위로가 아닐 거라고 믿어왔다. 위로가 행사되었다 할지라도 그것은 일시적이거나 부분적인 것이라고 치부했다. 시를 쓰는 사람으로서 누군가에게 위로가 되었으면 하는 마음이 전혀 없다시피 했기 때문이다. 위로는 어쩐지 인간의 정신을 쨍하게 만드는 방향과는 정반대에 놓인, 향정신성적이고도 흐물흐물한 종류의 작용인 것만 같았다. 위로가 아니면 아무것도 필요치

○ 「이 넉넉한 쓸쓸함」.

않는 시간이 인간에게는 반드시 찾아오기 마련이며 그럴 때에는 그 어떤 문장도 곤혹스럽기만 하다는 것을 나는 전혀 이해하지 못했던 것이다. 나는 어쩌면 제대로 고통스러웠던 적이 없었던 것일지도 모른다. 내게 일어난 거의 모든 불행이 어쩌면 고통에 대하여 내가 무지했기 때문에 빚어진 결과였을지도 모른다는 생각을 처음으로 해보게 되었다.

번잡한 여러 상념과 복잡하디복잡한 시에 대한 욕망들을 허물 벗듯 벗어가던 지난 계절 내내, 나는 이 시집을 읽고 또 읽었다. 이 시집의 맨 뒤에 실릴 이 글의 제목을 한동안 '멍이 나가는 시간'으로 마음에 두기도 했다. 우화의 한 장면처럼 그려진 「호수」에서 "멍이 나가는 관계"라는 시구를 발견했기 때문이다. '멍이 들다'라는 말은 흔하게 들었어도 '멍이 나가다'라는 말은 처음 목격했다. 시의 한가운데에 새겨져 있는 이 말을 처음 읽던 그 순간에 이상하게도 나는 내게 퍼져 있는 멍을 지각했다. 동시에 그 멍이 몸 바깥으로 홀연히 나가고 있는 것 또한 지각했다. 멍이 나가는 것을 감지하면서 이 시집을 천천히 마저 읽었다.

　지난 계절의 나는 천천히 천천히 마음을 준비해가는 임종과도 같은 시간을 보냈다. 내가 지켜왔다고 믿어온 내 삶의 온갖 수칙을 하나하나 버렸고, 내가 판단해왔던 것들과 하나하나 결별했고, 내가 간직해왔던 기억들을 하나하나 허물어갔다. 모든 것이 삭거나 부서지거나 하여 소멸된 그 자리를 대신해서 채워줄 만한 것은 아무것도 없었다. 그런 시간에 누군가 내 앞에서 내 눈동자를 보았다면 어땠을까. 겨우 숨만 붙어 있는 나를 무방비하게 들키고야 말았을 것이다. 방 불을 끄고 잠자리에 들어 까무룩 잠이 들 때까지, 나는 아무 생각이나 하면서 그저 시간이 흘러가주는 정도만을 소원하고 있었다. 어떤 때는 그 자세 그대로 눈을 뜬 채로 창밖에 동이 터오는 것을 보기도 했다.

　깊은 밤 자리에 누워

나는 모르겠다라고 중얼거리면

조금은 알 것 같은 기운이

가슴 한가운데 맺히는 것이다

그러면서도 그것이 다는 아닌 듯하여

도통 모르겠다고

다시 말하는 밤이면

그 밤이 조금은 옅어지면서

아예 물러갈 것도 같은 것이다

─「밤의 골짜기는 무엇으로 채워지나」 부분

그런 밤들은 "세상에서 가장 육중하고/정밀한 조직
의 얼룩으로 덮어놓은 밤"이었다고 표현해도 무방할 것
이다. 밤이 아니라 한 사람이 그러했다고 표현해도 무방
할 것이다. 한 사람이 "가장 육중하고/정밀한 조직의 얼
룩"으로 직조된 그물에 갇힌 물고기가 된 것 같았을 때.
그러다 그 사람은 벌떡 자리에서 일어나 방 안을 서성여
보았을지도 모를 일이다. 서성여보아야 겨우 살아 있다

162

는 것을 느낄 수 있어서 그랬겠지만, 서성일수록 그물에 갇혀 있다는 실감만 더 짙어졌을 것이다. 그러다 비로소 자신이 "세상에서 가장 육중하고/정밀한 조직의 얼룩으로" 뒤덮인 사람이라는 것을 받아들여야 했을지도 모르 겠다. 그때, "그것이 다는 아닌 듯"하다가도 "도통 모르 겠다" 싶다가도 기어이 "조금은 옅어지면서" "아예 물러 갈 것 같은 사실"을 직감하게 될 것이다(「밤의 골짜기는 무엇으로 채워지나」). 밤마다 이런 일을 반복하며 밤마 다 한번씩 크게 놀라다 보면 알게 되는 것일까. "내 목을 조른 사람"과 "내게 칼을 들이댄 적이 있는 사람"과 "내 게서 벗겨진 것들"이 "다시 더 작은 파편으로 파괴되"도 록 한 사람, "내 가슴 한가운데서 뭔가를 꺼내가려던 그 사람"에 대해 어찌해야 하는지를(「그 사람은 여기 없습 니다」).

　　내게 공중에 버려지는 고된 기분을

　　여러 번 알리러 와준 그 사람을

　　지금 다시 찾으러 가겠다고 길을 나서고 있는 나를

나는 어쩔 것인가요

　―「그 사람은 여기 없습니다」 부분

　어쩔 작정으로 찾아 나서는지 굳이 상상 같은 걸 하지 않으려 한다. 연유를 몰라도 그 행위만으로 충분하기 때문이다. 연유를 몰라도, 어떤 사연을 통과해야 이런 문장을 적는 사람이 되는지를 짐작해보는 일만으로도, 나는 완전하게 육중해지기 때문이다. 과함도 구구절절함도 없는 이 절제된 육중함에 다다르니, 내가 홀가분해졌다. 그걸 나는 '멍이 나가는 시간'이라고 부르고 싶다. 이 육중함에 대해서 나는 고백해둘 필요가 있다. 우선 내가 오래오래 기억해두고 싶은 경험이므로.

　발신자의 마음: "어떻게든 사람이 되려는 것"○

　깊은 밤에

○ 「지구 서랍」.

집으로 가는 길에 집 앞에

한 사내가 굵은 나뭇가지 하나를

두 손으로 붙들고 서 있다

할 말을 전하려는 것인지

의지하려는 것인지

매달리는 사실은 무겁다

사내가 나의 집 한 층 위에 살고 있다는 사실을 알

고 나서도

사내가 몇 번 더 나무에 매달리는 모습을 보았다

손을 놓치지 않으려는지

나뭇가지는 손이 닿기 좋게 키를 내려놓기까지

했다

어느 밤에

특히 오늘 같은 밤에는

그 가지가 허공에 팔을 뻗어

말 연습을 하고 있는 것을

새를 날려 보냈는지

아이를 잃어버렸는지 모르겠는 위층 사내도

나처럼 내어다보고 있을 것이다

그 가지 손끝에서 줄을 그어 나에게 잇고

다시 나로부터 줄을 그어 위층의 사내에게 잇다가

더 이을 곳을 찾고 찾아서 별자리가 되는 밤

척척 선을 이을 때마다

척척 허공에 자국이 남으면서

서로 놓치지 말고 자자는 듯

사람 자리 하나가 생기는 밤이다

　　　　　　　─「사람의 자리」 전문

"굵은 나뭇가지 하나를/두 손으로 붙들고 서 있"는

한 사내를 조용히 지켜보고 있는 한 사람이 보인다. "집으로 가는 길에" 우연히 보게 된 그 사내에 대해 책상에 앉아 시를 쓰는 한 사람(부러 시인이라 적지 않고 사람이라고 적어둔다)이 보인다. 시를 완성해가는 그 깊은 밤에 그 사람은 그 나무를 내다볼 수 있겠지만, 그 사내가 여전히 그 자리에서 그 자세로 서 있을 리는 없다. 그 자리는 어쩐지 빈자리가 되고, 그 빈자리를 사람은 조용히 내다본다. 그리고 자신과 허공의 그 빈자리를 가로지르며 선을 잇는다(선을 긋는 게 아니라). 그리고 그랬다는 사실을 시에다 적어둔다. 이렇게 하는 것이 이 사람이 사람으로서 하는 주된 업무인 것 같다.

"내 소관이겠다 싶은 곳에 돌을 쌓았습니다"라고 말하는 사람이니 말이다. "내 소관"에 "돌을 쌓"겠지만 누군가에 의해 "돌이 무너져 있었"고 또다시 "돌을 쌓"아 "담장의 감정"을 알아가던 그 사람은 "이제껏 해오던 말이 아닌 다른 말로 말을 걸면 끊어져 닿을 수 없는 사람도 이을 수 있다는 말인가요"라는 질문을 하게 된다. "내 소관"이 아닌 것들과 "내 소관"을 어지럽히는 것들 앞에 당혹해하는 한 사람이 있다(「담장의 역사」). 일어나서는 안 되는 일이 일어나기는 하였으나, 이 일이 일어난 데에는 내 소관 바깥의 다른 곳에서 주관되는 어떤 뜻이 있는 것인가 싶어 두리번거리는 사람이 있다. 성가실 일이라고 여기면 그만인데, 그 사람은 어떤 사람이 독특한 방법으로 말을 걸어온 것은 아닐까 싶어지는 것이다. 그리하여 질문이 탄생된다. 쌓아둔 담장이 무너질 때. 무너짐에 대한 낭패감을 질문으로 이어가는 사람. 한 번 더 낙담하게 되는 것 따위는 더 이상 중요하지 않다고 믿고서 그 자리에 서 있는 사람. "벼랑 너머로 굴러 떨어졌어도/어디에도 닿지 않고 허공에 매달려 있는 돌"처럼, 이상한 정지 화면 속에 오래도록 붙박여 있는 사람. "감정을 시작하고 있는지/마친 것인지를 모르는 것"과 같은 상태가 되어가는 사람(「이토록 투박하고 묵직한 사랑」). 이 호방한 듯도 하고 의연한 듯도 한, 용감해 보이기도 하고 숙연해 보이기도 하는 사람.

한사코 표식을 드러내겠다고

겹겹의 세계 바깥으로 나오고 만

사랑의 뿌리를 파낸다

사랑은 뿌리여서 퍼내야 한다

뿌리가 번지고 번져서 파낼 수 없게 되어서

다시 되묻는다

온몸에 열이 펄펄 끓기 시작한다

사랑이 끝나면 산 하나 사라진다

그리고 그 자리로부터 멀지 않은 곳에

퍼다 나른 크기의 산 하나 생겨난다

―「사랑의 출처」 부분

　사랑은 어떤 것인지를 잘 알고 싶어 하는 사람은 누구일까. 아마도 불가해한 사랑을 겪고 크나큰 낙담을 하게 된 사람일 것이다. 낙담 뒤에는 무엇이 올까. 지혜로워질 수 있을까. 사랑 앞에서 지혜로워진다는 것은 어떤 것일까. 세상 곳곳에 그 대답은 넘치지만 끝끝내 그 대답들이

성에 차지 않을 때, 비로소 자신의 모든 지혜를 바쳐 사랑에 대해 감각할 기회가 오는 것일지도 모른다. 시인은 이 이야기에 대한 대답을 공손하게 비껴가며, 대답 대신에 이미지로 보여준다. 시인이 대답을 절제하기 위하여 절제한 것은 아니다. "뿌리가 번지고 번져서 파낼 수 없게 되어서/다시 되묻는다"고 체념했기 때문이다. 체념이라 했지만, 이것은 "이토록" 다음에 "기어이"를 적게 되는 이병률만의 문법이다(「여행」).

시인의 절제란, 시의 품위를 지키기 위하여 작동되는 것이 아니라, 경험한 바를 가장 잘 건사하기 위해서 시인이 반드시 취해야 할 도리라는 것을 이병률은 잘 알고 있는 것 같다. 절제에 대한 의지(말을 삼가하고 싶다는 의지)는 이 시집에서 자주 목격된다. "심장을 다독이고 다독여서/빨래 마르는 동안만큼은 말을 하지 않겠다는 다짐"을 하게 될 때에 이병률은 이 다짐에 다다르기 위하여 한 편의 시를 써내려가진 않는다. 이 다짐의 문장이 비록 시의 끝부분에 적혀 있지만, 이 다짐이 그래서 시의 결말을 맡고 있지만, 이병률의 삶은 이 다짐에서부터 다시 시작되는 걸로 읽힌다. 이 다짐도 이병률적으로 말하자면, '시작하고 있는지 마친 것인지를 모르는 것'이다. 이병률적으로 말하자면, "병에 걸리"는 것일지도 모르고 "이렇게 미치고" 있는 것일지도 모르지만, 이 마음으로 시작을 하게 될지 마치게 될지도 모르겠지만, 사람이 되어 사람답게 살려면 그래야 한다는 것은 어렴풋이 알 수 있다(「동백에 새 떼가 날아와서는」). 다짐이라고 했지만, 숱한 낙담 끝에 오는 다짐인 만큼, 그럴 수밖에 없는 마음이라고 표현해야 정확할 것 같다. 그러므로 그의 다짐은 시어일 뿐만 아니라 곧장 행위에 닿게 된다. 이 다짐은 선택지가 아니라 어쩔 수 없어서 그럴 수밖에 없는 최종의 마음이다. 시를 잘 쓰는 시인이 아니라 이 최종의 마음이 종내 시가 되는 사람을 시인이라고 나는 부르고 싶다. 「내가 쓴 것」이라는 시에서 시인 이병률은 이런 장면을 목격한다.

그날 아침
카페에 앉아 내가 쓴 시들을 펴놓고 보다가

잠시 밖엘 나갔다 왔는데

닫지 않은 문 사이로 바람이 몹시 들이쳤나 보다

들어와서 내가 본 풍경은

카페에 모인 사람들이 일제히 일어나

바람에 흩어진 종이들을 주워

　내 테이블 위에다 한 장 두 장 올려다 놓고 있는

모습들이었다

　테이블 위에 원래 놓여 있던 시들과 사람들이 다시 주
워 올려다 놓은 시들은 과연 같은 시일까. 그렇지 않을 것
이다. 테이블 위에 원래 놓여 있던 시들은 시인 이병률이
었던 사람이 쓴 것이지만, 다시 테이블 위에 올려진 시들
은 누가 쓴 시일까. 그 종이들을 주워 준 사람들의 시라
고 말해도 될 것이다. 그 이야기를 다시 프레임 바깥에서
적어둔 「내가 쓴 것」이라는 시는 그렇다면 누구의 시일
까. 테이블 위에 원래 놓여 있던 시들을 썼던 이병률과는
조금이나마 달라질 수밖에 없는 시인의 시일 것이다. 정

말 "내가 쓴 것"은 이런 여정을 거치지 않고서는 태어나지 않는다.

　시는 누구의 것인가. 시는 누구를 위한 것인가. 요란할 리도 없고 확고할 리도 없는 이 은은한 장면 속에서 나는 허공에다 눈길을 뻗으며 질문을 던져본다. 그리고 다시 한번 생각해본다. 좋은 시는 누가 결정하는가. 좋은 시인은 어떤 자세를 가져야 하나.

　　사실은 내가 쓰려고 쓰는 것이 시이기보다는
　　쓸 수 없어서 시일 때가 있다

　「내가 쓴 것」의 마지막 연이다. 시인 이병률은 어쩔 도리가 없는 순간들에 대한 자기만의 자세를 자주 드러내는데, 이에 대해 이병률은 마치 '단지 내 소관이 그러할 뿐'이라고 뒤로 물러서듯 말할 것만 같다. 하지만 나는 좀더 명확하게 말하고 싶어진다. 이 자세는 시를 쓰는 자의 소신이거나 신념이거나 그런 것이 아니라, 무언가를 기꺼이 겪으려는 사람에게서 비롯된 자세라고. 시인 이병률이 인간을 믿고 있다는 걸, 이 시집을 읽고 겪어나가면서 새삼스레 느꼈다. 인간을 경유해서 믿음을 쌓아왔다기보다는 그것과 별개로, 인간에게서 믿음을 체험해보았건 아니건 간에 그는 끊임없이 인간을 믿고 있는 것 같다. 진실로 "믿음으로 믿는"(「후계자」) 것 같다.

  "모든 것에 과하게 속하지 않을 수 있다면"°

  이병률이 사는 집에 간 적이 있다. 많은 시인이 거실에 둘러앉아 있었다. 매트리스 하나가 동그마니 놓인 그의 침실과 스탠드 불빛 하나가 켜져 있던 그의 작은 서재를 나는 기웃거리며 구경했다. 이병률이 만들어준 갖가지 음식을 가운데에 놓고 시인들은 재잘재잘 즐거워했다. 늦게 온 사람이 배가 고프다고 하면 이병률은 또 음식을 내왔고, 누군가 잔이 비었다고 하면 냉장고에서 맥주를

° 「얼음」.

174

또 꺼내다 주었고, 누군가 커피를 마시고 싶다고 하면 커피를 내려주었다. 아무 날도 아니었는데 잔칫집 분위기가 났다. 생선 굽는 냄새와 전 부치는 냄새가 현관 바깥까지 진동했던 기억이 있다. 그 집에 둘러앉아 식구처럼 재잘대던 그날의 시인들이 누구누구였는지 선명하게 기억난다. 모두들 지금보다 어렸거나 젊었을 때다. 지금처럼 우리가 소원하게 지내게 될 줄은 아무도 몰랐을 때다. 그때 그가 차려준 음식들을 잘 먹었던 그 시인들은 지금 어떻게 살고 있을까. 세월이 지나서 소원한 사이가 되어버린 우리들은 각자 어떤 마음일까. 변했거나 변하지 않았거나, 가끔은 그날의 그 집을 아마도 나처럼 기억할 것 같다. 끊어진 인연과 멀어진 인연 들이 사람과 사람 사이에 빗금처럼 지나가는 사이, 우리 모두는 그만큼의 나이를 먹었다. 자연스레 모든 인연이 달라져갔고 바뀌어갔다.

　　그는 말수가 적었고 부엌과 가까운 귀퉁이 자리를 차지하고 있었다. 누군가를 꾸중하거나 화제를 주도하거나 대접을 받으며 편히 있곤 하는, 후배들에 둘러싸여 있는 여느 선배 시인들과는 많이 달랐다. 적게 말하고 적게 웃는 슴슴한 모습이었다. 일 년에 한두 번 정도, 함께 밥을 먹자고 만날 때에도 그랬다. 음식은 풍족하게 주문하고 말수는 적었다. 늘상 물잔을 채워주고 수저를 놓아주는 일을 차지할 뿐이었다. 헤어질 때에는 한 사람씩 한 사람씩 제 갈 길로 가는 모습을 다 지켜보고 마지막으로 걸음을 옮겼다. 물건이 별로 없었던 그의 집처럼 그는 헐렁하게 웃고 헐렁하게 등을 돌려 걸어갔다. 아마 그런 모양으로 걸어가다가 나뭇가지를 붙잡고 서 있는 사내도 목격하게 되었을 것이고, 대못 하나도 줍게 되었을 것이고, 버스에서 누군가 귤 하나를 까는 순간의 향기도 맡았을 것이다. 그의 천 가방 속에는 식당에서 챙겨 간 키조개 껍데기 하나가 들어 있었을 것이고, 도서관 사물함 열쇠 같은 게 들어 있었을 것이다. 이튿날 아침, 잠에서 깨어나 국을 끓이다 말고 가방 속의 키조개 껍데기와 도서관 사물함 열쇠를 책상 위에 올려두었을 것이다. 이 슴슴한 듯 보이는 문장들을 모아서 육중한 감정을 애써 숨기며 그는 책상에 앉아 벽을 바라보며 시를 적었을 것이다.

저녁을 먹지 않으려는 저녁에

누군가 만나자는 말은 얼마나 저녁을 꺼뜨리는 말

인가

　　　　　―「불화덕」부분

곁에 모이던 사람들이 흩어지고, 사라진 자리를 그대
로 내버려두고, 다시 그 곁에 새로운 이들이 모였다 흩어
지고 사라지는 내내, 그는 그렇게 살아왔을 것이다. 한결
같은 모습으로 다만 한결같이.

　　　　　우리의 다짐: 잘 있습니다

우리는 말이 없는 나라에 와 있는 사람처럼 말이

없습니다

우리라는 말도 이제 힘이 없습니다

　　　　　―「염려」부분

가장 아껴 말해야 할 뿐만 아니라, 가장 용기 있게 말해야 할 단어가 '우리'라는 단어라고 이제 나는 생각하게 되어버렸다. 어떨 때는 남용되거나 오용되고 어떨 때는 의미를 소실한 듯 사어처럼 들리기도 하는 단어이다. 드넓은 복수형으로 쓰이지 않고 단 두 사람으로 쓰일 때에만 겨우 제 뜻을 표상해내는 듯 유약해진 단어이다. 조심스럽게 다루어야 할 민감한 단어이다. 이 유약하고 민감한 단어를 어떻게 다루어야 좋을지 고민해본 적이 있는 사람이라면 고민의 방향이 대체로 어느 한쪽으로 치우쳐왔다는 것 또한 잘 알고 있을 것이다. 이병률은 이런 단어를 예상치 못한 방향으로 향하게 다룰 때가 더러 있다. "우리라는 말도 이제 힘이 없습니다"라고 적고야 만다. 그러나 이상하게도 이병률이 이 문장을 적어둔 자리의 맥락 속에서 이 씁쓸하고 쓸쓸한 문장은 야릇한 힘을 얻는다. 애써 우리를 우리라고 위장하지 않을 수 있다는 안도감과 우리를 우리라고 굳이 말하지 않아도 어차피 우리는 우리일 수밖에 없다는 안전한 결속. 어느 한쪽에 의해서 보이지 않게 행해질지라도 괜찮을 듯한 든든함 같은 게 배어 나오고야 만다. 그는 어느덧 이렇게 문장을 다스려 가장 단정하게 다룰 줄 아는 시인이 되어 있다. 시인은 문장을 다스리는 데에 있어서 가장 능란해야 옳지만, 능란한 문장을 쓴다는 걸로 가장 좋은 시인이 될 수는 없을 것이지만, 문장을 정말로 능란하게 다루려면 그 문장의 깊이만큼 깊이 있는 사람이어야만 한다. 그렇기 때문에 시인은 문장을 한 걸음 앞에 던져놓고서, 그 문장과 닮은 사람이 되기 위해 문장을 쓴다. 그래서 문장은 곧 서약과 다름없다. 이병률이 한번도 직접적으로 적어둔 적은 없지만, 『바다는 잘 있습니다』 곳곳에는 서약을 갈음하는 문장들이 불씨처럼 숨어 있다. 자신이 쓴 시와 더 겹쳐지고 더 닮아가는 그가 가장 분명하게 다짐을 해둔 문장을 오래 들여다본다.

알 수 없는 말들이나 꾸미느니

저녁 화덕에 받쳐 불을 담을 것이다

　―「불화덕」 부분

"기다린다 이제 밥을 기다리는 일과/주문을 기다리는 감정의 경중은 같다"는 그. "지탱하려고 지탱하려고 감정은 한 방향으로 돌고 도는 것으로 스스로의 힘을 모은다"는 그. 그래서 지탱이 가능해짐으로써 또다시 새로워지는 그. 지금 이병률은 인간의 한 생애에서 가장 괜찮은 순간을 살고 있는 것 같다. 지금 그는 사람들이 으레 시인에게 기대해온 열정이나 낭만의 상태가 아니다. 그의 시는 대단한 결기로 포장되어 있지도 않고 냉소나 환멸로 손쉽게 치환되어 있지도 않으며, 그래도 그럭저럭 살 만하지 않으냐 눙치려 들지도 않는다. 낙담의 자리에서 "지탱하려고 지탱하려고" "힘을 모"으는, 은은하고도 든든한 모습으로 그는 서 있다(「생활이라는 감정의 궤도」).

그는 "발을 땅에 붙이고서는 사랑을 따라잡을 수가 없다"(「이토록 투박하고 묵직한 사랑」)는 걸 알고 있는 사람이다. 사랑이 이 지상으로 내려와서 우리 곁에 넉넉하게 머물러주기를 밑도 끝도 없이 기다리는 시인들과 사랑이 우리 곁에 이제는 남아 있지 않다는 것을 어떻게

든 온몸으로 입증하려는 시인들이 많고 많은 와중에, 이병률은 우리들 속에서 한 발짝 떨어져서 사랑과 가까워지는 것에 힘을 모으는가 보다. 한 발짝 물러선 것이 아니라 들어올려서. 나는 이런 사람이 쓴 새 시집을 가장 먼저 읽은 사람이 되었다. 행운이라 할 만하다. 나는 항상 가장 나쁠 때에 가장 운이 좋았다.

    우리가 살아 있는 세계는

    우리가 살아가야 할 세계와 다를 테니

    그때는 사랑이 많은 사람이 되어 만나자

    ―「이 넉넉한 쓸쓸함」 부분

우리 시대의 유일무이한 리얼리스트

— 최승자, 『빈 배처럼 텅 비어』

시인 최승자는 잘 알려져 있다. 이성복, 황지우와 더불어 시의 해체를 도모한 3인방으로 잘 알려져 있고, 그 누구보다 독하고 끔찍한 시를 온몸으로 썼던 시인으로 잘 알려져 있고, "정신분열증"°으로 인해 병원에서 지낸 세월이 태반이었던, 아슬아슬한 우리 시대의 시인으로 잘 알려져 있다. 불행한 시인의 대명사처럼 최승자를 인용했고, 문학에서 페미니즘을 논할 때마다 최승자를 여전사처럼 앞세웠고, 새로운 여성 시인에게서 독한 목소리를 발견할 때마다 '최승자'라는 어머니의 뒷줄에 세우고 '최승자처럼 쓴다'며 계보†를 매겼다.

○   시인의 말, 「물 위에 씌어진」, 천년의시작, 2011.

†   이상희, 「사랑과 죽음의 전문가」, 『현대시세계』 1991년 봄호. 최승자와의 대담에서 이 여성 시인 계보 짜기에 대해 질문을 던지자, 최승자는 다음과 같이 대답했다. "최승자의 이름을 그런 식으로 사용하는 것이 나쁠 것은 없겠지요. 고맙기도 해

최승자가 쓴 시도 잘 알려져 있다. '아픈' 최승자의 '독한' 시를 우리는 잘 알고 있다. '이미 죽어 있다'고 말했던 최승자의 독한 탄식에 충격을 받았고 감동을 받았다. 그의 독한 어법은 사랑받았고 예찬받았다. 모든 예찬 속에서 진정한 승자처럼 보이는 최승자의 삶은 그럼에도 불구하고 점점 더 악화되어갔다. 널리 알려진 모든 것이 그러하듯이, 최승자의 시는 실제로 읽히는 일보다 풍문으로 퍼져가는 일을 더 많이 겪었다. 실제로 읽힐 때에도 읽혀왔던 방식으로만 읽힐 뿐, 새롭게 읽히는 적은 드물었다. 그간 최승자에게 바쳐졌던 찬사와 걱정 들은, 그가 이 세계에 일체의 편승도 하지 않았다는 염결함에서 비롯된 것이었다. 그 염결함을 알아보는 이는 많았어도, 그 염결함을 잘 이해하는 이는 많지 않았던 것 같다. 우리들은 최승자의 시세계에 전적인 탑승을 하지 않음[못함]으로써, 이 세계에 편승하고 있었던 우리의 염결하지 못함을 되려 염결하게 지키려 했던 것은 아니었을까.

요. 그러나 한편으로 생각하면 그것이 남성 평론가들의 씁쓸한 분류가 아닌가 하는 생각도 듭니다. 남자 시인과 여자 시인이라는 단순한 구분에서 시작된 발상이라는 거지요. '좀 괜찮은 혹인이야'라고 말하는 백인들처럼 말입니다."

사랑했던 그대여 나는°

　　김치수와 김현을 비롯한 많은 비평가는 최승자 시의 키워드를 '사랑'이라고 파악했다. "미흡한 사랑을 통해서 확인하는 것은 〈존재의 쓸쓸함〉"이며, "이별의 아픔을 통해 진정한 사랑의 불가능을 겪은 경험"이며, "운명론적 불행"이라고 해석했다.[†][‡]

> 　잡탕 찌개백반이며 꿀꿀이죽인
>
> 　나의 사랑 한 사발을 들고서,
>
> 　그대 아직 연명하고 계신지
>
> 　그대 문간을 조심히 두드려봅니다.
>
> 　　　　─「그대 영혼의 살림집에」 부분[§]

○　「세계는」.

†　김현, 「게워냄과 피어남: 최승자의 시세계」, 『젊은 시인들의 상상세계/말들의 풍경』(김현문학전집 6), 문학과지성사, 1992, pp. 225~36.

‡　김치수 해설, 「사랑의 방법」, 『이 時代의 사랑』, 문학과지성사, 1981, pp. 92~93.

§　『내 무덤, 푸르고』, 문학과지성사, 1993.

나는 육십 년간 죽어 있는 세계만 바라보았다

이젠 살아 있는 세계를 보고 싶다

사랑 찌개백반인 삶이여 세계여

　　　　—「나는 육십 년간」 부분

　시인은 "나의 사랑"을 "잡탕 찌개백반이며 꿀꿀이죽"
"한 사발"이라고 표현을 했었다. 치욕과 눈물과 회한과
욕설과 야유가 뒤섞인 "치정"°이야말로 사랑의 진짜 모
습이 아니겠느냐며, 그 사랑의 진짜 모습이 연명 가능한
것인지 안부를 묻는 듯했다. 이번 시집에서는 "잡탕 찌개
백반"이 "사랑 찌개백반"으로 변주되어 다시 사용된다.
예전에 시인은 나의 '사랑'을 "잡탕 찌개백반"이라고 표
현하였으나, 이번에는 사랑까지 그 찌개 속에 포함시켜
"사랑 찌개백반"이라 하였다. 그 "찌개"를 이제는 "삶"
이자 곧 "세계"라고 표현하고 있다. "죽어 있는 세계만

○　최승자는 "그래 그래 치정처럼 집요하게 우리는/죽음의 확실한 모습을 기다리
고"(「나날」, 『즐거운 日記』, 문학과지성사, 1984)라고 쓴 적이 있다. "그래 아 드디어
이 시대, 이 세계,/희망은 죽어 욕설만이 남고/절망도 죽어 치정만이 남은……/아아
너 잘났다 뿡!"(「말 못 할 사랑은 떠나가고」, 『내 무덤, 푸르고』, p. 27)이라고 쓴 적
이 있다.

바라"보며 살아왔다며, "이젠 살아 있는 세계를 보고 싶다"고 말한다. 시인이 조우하고자 하는 것이 "그대" 혹은 "그대 문간"에서 "삶"과 "세계"로 변화했다. 이미 죽음 너머로 간 듯한 발화가 더 빈번하지만, 시인은 여전히 그리고 불현듯, 그것이 사랑이든 삶이든 세계든, "보고 싶다"고 말한다.

> 얼마나 오랫동안
>
> 세상과 떨어져 살아왔나
>
> "보고 싶다"라는 말이 있다는 것을
>
> 오늘 처음 깨달았다
>
> ─「얼마나 오랫동안」 부분

무엇이 보고 싶은지, 누가 보고 싶은지에 대해서는 짐작만 할 뿐이지만, 현재 시인의 곁에는 하늘과 해와 달과 별과 구름과 비와 바람, 그리고 허공, 새 한 마리, 기다리고 있지만 찾아오지 않는 죽음, 노자의 도덕경과 장자의 제물론, "늙으신 처녀처럼/웃고 있는 코스모스들"(「슬품을 치렁치렁 달고,) 정도가 전부인 것 같다. 정신과 병동의, 극단적으로 표백된 삶 속에서 시인이 볼 수 있는 것들은 거의 없었을 것이다. 어쩌면 그렇기 때문에, 그토록 야유를 퍼붓던 "사랑 찌개백반인 삶"과 "세계"를 시인은 보고 싶어 하는 것 같다. 시인은 이전까지의 모든 시편에서 "보고 싶다"는 표현은 거의 쓰지 않았다.

> 내 심장에서 고요히, 거미가
>
> 거미줄을 치고 있는 것을
>
> 나는 누워
>
> 비디오로 보고 싶다.
>
> ―「시인」 부분°

자학이자 자학의 관음이자 자학의 유희라고 해석할 만한 이 괴이한 장면에서, 시인은 자기 자신을 보고 싶다고 표현했었다. 시인이 이렇게 누워 있는 까닭을, "거미"가 아니고서는 자신의 "심장"을 그 누구도 방문하지 않

○ 『즐거운 日記』.

을 것 같다는 좌절로 읽어야 할까. 이 구절 다음에 다음 시를 옮겨놓고 나란히 읽어보면 어떨까.

　　　마지막으로, 실패한 한 남자 곁에

　　　한사코, 실패한 한 여자가 눕는다.

　　　　　　—「문명」부분°

　　"마지막으로, 실패한" 자 곁에 "한사코, 실패한" 자가 나란히 눕는 일. 이것은 사랑의 진짜 장면이 아닌가. 낭만주의적 꿈도 아니고, 위악이거나 자학도 아니고, 에로스니 필리아니 아가페니 등으로 구분할 필요도 없는, 사랑하는 연인들만의 비밀한 실제 모습이 아닌가. 한 남자가 마지막 실패를 하고서 누워 있을 때, 필사적이고도 계속적으로 한사코 실패를 거듭해온 한 여자가 곁에 가서 눕는 일. 최승자의 사랑은 이런 것이었다. "너는 날 버렸지,/이젠 헤어지자고/너는 날 버렸지"로 시작하여 "나쁜 놈, 난 널 죽여버리고 말 거야/널 내 속에서 다시 낳고

　°　같은 책.

야 말 거야"를 거쳐서, "오 개새끼/못 잊어!"로 끝을 맺은 「Y를 위하여」˚는 이 맥락에서 다시 읽혀야 할 것이다. "죽여버리고 말"겠다는 말 뒤에 "다시 낳고" 말겠다는 말이 이어지고, "개새끼"라는 말 뒤에 "못 잊어"가 이어지는 시인의 도저한 사랑. 낙태 수술 장면이 시로 씌어졌다는 충격으로만, 버림받은 여자의 살의로 가득한 악담으로만 읽혀서는 안 되지 않을까.

내가 기억하는 최승자는 "어떻게하면 너를 만날수있을까 어떻게달려야 항구가있는 바다가보일까 어디까지가야 푸른하늘베고누운 바다가 있을까"를 알기 위하여 "나는 기차화통처럼달렸다"라고 말할 줄 아는 시인이었다. 기차 화통처럼 달리는 까닭에, 끊어 읽어 마땅할 부분에서만 띄어쓰기를 해야 했을 정도로, 숨 가빴던 호흡을 헉헉대며 뱉어내던 시인이었다. "인생이 똥이냐 말뚝 뿌리 아버지 인생이 똥이냐 네가 그렇게 가르쳐줬느냐 낯도 모르는 낯도 모르고 싶은 어느 개뼉다귀가 내 아버지인가 아니다 돌아가신 아버지도 살아계신 아버지도 하나

○ 같은 책.

189

님 아버지도 아니다 아니다/내 인생의 꽁무니를 붙잡고 뒤에서 신나게 흔들어대는 모든 아버지들아 내가 이 세상에 소풍 나온 강아지 새끼인 줄 아느냐"°며 일갈했던 시인이었다. 흔들리는 꼬리를 돌아보며, 그 "꽁무니" 뒤에서 나를 조종했던 이 세상의 모든 아버지에게 이렇게 표독하게 일침을 놓았다. 이 시의 제목은 "다시 태어나기 위하여"다. 다시 태어나기 위하여, 아버지를 향한 저항을 훌쩍 넘어서서 훈계를 하고 있는 것이다. 이렇게 최승자는 여성이라는 주체가 얼마나 아프게 탄생되어야 했는지를, 사랑의 서사를 통하여 아픈 모습 그대로, 실패한 모습 그대로 드러냈던 시인이었다. 아버지를 초월한 여성, 남성의 타자가 아닌 주체로서의 여성, 여성으로 다시 태어나는 여성으로서 출생신고를 한, 우리 시대의 첫번째 시인이었다. 시인은 악을 쓰며 산고를 치르는 어미였고, 동시에 공포 속에서 태어나고 있는 아기였고, 동시에 아기를 받아 안던 산파였다. 혼자서 그렇게 태어났다.

° 「다시 태어나기 위하여」, 『이 時代의 사랑』.

살았능가 살았능가

일찍이 나는 아무것도 아니었다.

마른 빵에 핀 곰팡이

벽에다 누고 또 눈 지린 오줌 자국

아직도 구더기에 뒤덮인 천 년 전에 죽은 시체.

— 「일찍이 나는」 부분 °

시인이 1980년대부터 지금까지 줄기차게 붙들어온 '죽음'. 첫 시집의 첫 시에서부터 시인은 스스로를 "천 년 전에 죽은 시체"였다고 말했다. 이 시의 2연에서 시인은 "아무 부모도 나를 키워주지 않"고 "쥐구멍에서 잠들고 벼룩의 간을 내먹고/아무 데서나 하염없이 죽어가면서/일찍이 나는 아무것도 아니었다"고 고백을 한다. 무엇을 위해서 이토록 위악이 묻어나오는 고백을 해야 했을까. 같은 시 3연에서 "나를 안다고 말하지 말라./나는 너를모른다 나는너를모른다./너당신그대, 행복/너, 당

○ 같은 책,

191

신, 그대, 사랑"이라고 고백하기 위해서였을 것이다. 그렇다면, "너, 당신, 그대, 사랑"이라는 "행복"들을 모른다고 말하는 이유는 무엇이었을까. 함부로 나를 사랑이나 행복으로 유혹하지 말라는 결벽이었을 것이다.

　"이 詩集의 詩들 전부가 정신과 병동에서 씌어진 것들"°이라고 밝힌 일곱번째 시집에서 시인 김정환은 다음과 같이 써두었다: "그리하여 오늘 오늘 오늘/내가 죽고"(「꿈에 꿈에」) 그딴 생각 정말 말고 들어다오. "하룻밤 검은 밤" "죽지 말라고" "누가 자꾸 내 이름을 불러주"던 그 목소리를. 그 목소리가 바로 더 미친 바깥 시인들 목소리고 네 목소리다 승자야, 네 이름이 승자 아니더냐.† 김정환의 이 간절한 요청을 들은 척도 안 하는 양, 이번 시집에도 '죽음'이라는 시어는 즐비하기만 하다.

　　살았능가 죽었능가

　　죽지도 않고 살아 있지도 않고

○　시인의 말, 『물 위에 씌어진』.

†　김정환, 뒤표지 글, 『물 위에 씌어진』.

벽을 두드리는 소리만

대답하라는 소리만

살았능가 살았능가

　—「살았능가 살았능가」 부분

　　가만히 들여다보면, 김정환의 우정 어린 요구를 받아들인 것처럼 보이기도 한다. '살았는가 죽었는가'라고 쓰지 않고, "살았능가 죽었능가"라고 쓰고 있기 때문이다. 발음되는 대로 받아 적은 이 문장은 사투리 같기도 하고 신명 나는 노랫가락 같기도 하고, 익살스럽기도 하다. 제목에서는 아예 "죽었능가"는 제쳐두고 보란 듯이 "살았능가"를 두 번 반복한다. "살았능가 살았능가"는 "살았능가 죽었능가"보다 한결 더 풍자적인 뉘앙스를 띤다. "살았능가"를 두 번 적었기 때문에 얼핏 보면 삶 쪽에 치우치려는 의지로 보일 수 있지만, 죽어버린 것을 되살리려는 주술 쪽에 더 가까워 보이기도 한다. 이 말투를 구사하면서 시인은 어땠을까. "죽지도 않고 살아 있지도 않"은 것 같은, "무지근한 잠"처럼 오래 지속되는 삶.

"하늘의 시계"가 "흘러가지 않"는 것 같은 정지된 삶에 조금은 활력이 생기는 듯했을까(「살았능가 살았능가」). "천 년 전에 죽은 시체"(「일찍이 나는」)라고 선언했던 시인은 이 정지된 오래된 삶이 얼마나 지루했을까. 이 시집에 그토록 자주 등장하는 '바람'의 이미지만이 정지된 것들에 미약하나마 활력을 주는 찰나를 만들고 있다. 시인이 가장 반색하며 애용하는 시어가 겨우 '바람'이라는 것을 우리는 어떻게 받아들여야 할까.

나의 생존 증명서는 詩였고
詩 이전에 절대 고독이었다
고독이 없었더라면 나는 살 수 없었을 것이다

세계 전체가 한 병동이다

꽃들이 하릴없이 살아 있다
사람들이 하릴없이 살아 있다
　　　— 「나의 생존 증명서」 전문

"하릴없이 살아 있"는 것들이 꽃과 사람뿐이랴. 이번 시집에 따르면, 시간이 가장 하릴없이 살아서 지나가며, 계절도 강물도 그렇게 잘도 지나간다. "이곳에서는 다만 시간이 멍멍하다/이곳에서는 다만 시간이 자욱하다"(「문명은 이젠」). 병든 세계에서 병이 들어 하릴없이 살아 있는 자가, 살아 있는 것인지 아닌지 알기 쉽지 않은 자가 여전히 시를 써서 생존을 증명하고 있다. 살아 있기 때문에 가까스로 새로이 시를 쓴다.

최승자가 이끌었던 1980년대의 시는 "시적 화자라는 하나의 가면persona이 없어져버렸"°던 것이 가장 주목할 만한 공통분모였다. "기존의 시적 관습보다는 자기 진술의 진실성에서 시적 감동의 근거를 마련하고자"† 했다. 이 민얼굴의 시들은 "진실의 추한 모습"을 드러낸 용기와 순수에만 가치를 둘 수는 없다. 발설된 추의 세계와 발설하는 자의 용감하고 아름다운 태도, 이 둘의 '격차'

○　이남호, 「진실의 추한 모습」, 『문학의 위족 1: 시론』, 민음사, 1990, p. 219.

†　같은 글.

가 주는 충격이 최승자 시의 진짜 가치이기 때문이다. 이 격차에 관해서라면, 이 시집도 여전한 가치를 지닌다. 지독하고 치열했던 열기가 사라진 자리에 표표하고 괴이한 권태가 자리 잡은 것이 다를 뿐이다.

> 그게 우리의 삶이라는 거지. 죽음은 시시한 것이야.
> 왜냐하면 우린 이미 죽어 있으니까.
> ―「서역 만리」부분°

갖가지 퇴행을 겪으며 골고루 망가져가는 이 시대에 이르러서야, 이보다 정확한 직시가 또 어디 있었을까 싶다. 1990년대에 발언된 이 문장들을 두고 위악을 읽었을 수도 있었겠지만, 다시 꺼내 읽는 지금은 위악보다는 예감으로 읽히는 게 맞겠다. "실은 이미 죽었는데, 죽은 채로/전기의 힘에 의해 끊임없이 회전하며 구워지는"(「서역 만리」), 노릇노릇한 통닭 같은 우리의 삶을 마치 미리 적어둔 것만 같다. 진술이 아니라 대화체를 구사한 서술

° 『내 무덤, 푸르고』.

어로 짐작해보았을 때, 누군가에게 말해주려 했던 것 같
다. 누군가 들어주었으면 했던 것 같다. 죽었다는 것을
알고 있었던 시인은 그걸 알려주는 자가 됨으로써, 죽었
지만 살아 있는 유일한 자로 남겨진 것은 아닐까.

> 죽은 하루하루가 쌓여간다
>
> 미美 추醜도 각기 몽당연필
>
> 인류여 코메디여
>
> 하늘의 퉁소 소리는
>
> 대지의 퉁소 소리와는 다르다
>
> (나만 빙긋이 웃는다 왜냐하면 미쳤으므로)
>
> ─「죽은 하루하루가」 부분

　시인이 괄호 속에 은닉해둔 위의 시구 "나만 빙긋이
웃는다 왜냐하면 미쳤으므로"는 이 맥락에서야 더 잘 이
해가 된다. 비극보다 더 비참한 비극, 부정할 길 없는 비
극을 사는 2016년의 우리들에게, 최승자는 정확한 예감
의 시인이었고 리얼리스트였다. 최승자는 탈피할 것이

아무것도 없는 삶을 살았고, 탈피할 것이 없는 자만이 볼 수 있었던 것을 예감처럼 시로 써두었다.

우리가 천사처럼 보이지 않는 것은°

최승자는 1952년에 충남 연기의 외갓집에서 태어났다. 그리고 그곳에서 자랐다. 부모와 떨어져 외가에서 유년기를 보냈다. 지금은 세종특별자치시로 편입된 금남면에 있는 감성초등학교에 입학했다. 나물 캐고 멱 감으며, 주일학교 어린이 연극의 주인공을 맡는 착한 유신론자로 지냈다. "내 마음속에서 언제까지나 아늑하고 따뜻하게, 푸르르게 살아 있을 장소와 시간이 있다면, 바로 내가 태어났던 그 마을, 그리고 거기서 살았던 시간들일 것이다"라고 그 시절을 시인은 소회한 적이 있다. 5학년이 다 되어서 서울로 전학을 갔다. 낯선 서울에서 시인은 "유년기의 고독 연습"을 하게 된다. 중학교 작문 시간에 선생님

○ 「우리는」.

198

으로부터 칭찬을 들었던 기억, 책상 위에 펼쳐둔 낙서를 보고 외삼촌이 "너 시 썼구나" 하고 말해주었던 기억이 있다. 그 무렵, 조태일의 「봄」과 김준태의 시에 강렬한 인상을 받았다. 그 무렵, 여름방학을 외삼촌 집에서 지내던 시절에 물난리가 나서 아수라장이 되었을 때에 우리의 여고생 최승자는 한국문학전집 한 질을 주섬주섬 챙겨 안고 다락방으로 올라갔다고 한다. 수도여고 3학년 시절에는 『문학과지성』 창간호를 읽게 되었고, 장용학과 최인훈, 비트 제너레이션을 주도한 미국 작가 잭 케루악을 좋아했다. 1971년 고려대학교 독문학과에 입학을 하면서, 고대 문학회에 가입한다. 수업을 자주 빼먹고 문학회에서 살다시피 하며, 교지 『고대문화』 편집장을 하던 카리스마 넘치는 문학도였다.

"그녀는 군대도 가지 않았으면서도 복학생들보다 학번이 빨랐고 그러나 졸업은 멀었"던, "쓰러져가는 술집에 앉아 우리들의 강권에 못 이겨 노래를 부르게 되면, 언제나 그 노래라는 것은 〈새 신을 신고 뛰어보자, 팔짝. 머리가 하늘까지 닿겠네〉뿐이었던", "유치할 정도로 순진

하고 아름다운 꿈을 지닌", "냉소적"이고도 "팽팽한 긴장감"으로 대학 시절을 보냈다. 1975년, 동고동락하던 문학회 남학생이 간첩 혐의로 체포되었을 때, 훗날 시인의 등단작이 될 「이 時代의 사랑」을 쓰게 된다(이후에 이 기억을 바탕으로 「197×년의 우리들의 사랑」을 다시 쓰게 된다). 대학 화장실 벽에서 발견된 용공시 사건의 혐의자로 성북경찰서의 블랙리스트에 오르게 된 것도 이 무렵이었다. 24살의 최승자는 술 아니면 수면제를 먹고서야 잠이 들 수 있는 시절을 보내게 되는데, 이 시절에 썼던 시들이 첫 시집의 3부에 실려 있다. 갑작스러운 학칙 변경으로 제적을 당하고, 1977년 26살의 그녀는 출판사 홍성사에 취직을 하여 번역 원고와 관련된 일을 하게 된다. 이때부터 최승자는 번역을 밥벌이로 삼기 시작한 셈이다. "몇 년간 회사에 다니면서 푹푹 썩"던 그 시절 1979년에 계간 『문학과지성』에 투고를 하여 시인이 되었고, 다니던 회사를 그만두었다. 1982년부터 1년 정도 학원사에 몸담기도 한다. 1983년에는 그의 어머니가 돌아가셨고, 그에 대하여 시인은 "어머니가 내게 남겨주고 간

유산이 있다면 그것은 내가 갖고 있었던 죽음의 관념 혹은 죽음의 감각을 산산이 깨뜨려주고 나로 하여금 이 일회적인 삶을 똑바로 직시할 수 있게끔 해주었고, 그와 더불어 살아야 한다는, 잘 살아야 한다는 당위성과 용기와 각오를 갖게 해준" 계기라고 말했다. 이듬해 1984년에 두 번째 시집 『즐거운 日記』를 출간했고, 그 이듬해 1985년부터 2년간 『건설협회 40년사』를 쓰는 일로 밥벌이를 삼는다. 1년 정도 최승자라는 이름 대신에 '최명'이라는 가명으로 시를 발표한 적도 있었다. 최승자 또는 최승자의 시를 버리기 위해서였다. 그러나 '최승자 표' 시와 글을 기대했던 지면으로부터 용납되지 않았기에 다시 최승자로 돌아가게 된다. 이를 두고 시인은 "최승자에게 졌다"라고 표현했다. 그리고 1989년에 세번째 시집 『기억의 집』이 출간된다. 시를 쓰지 않으려는 결심과 쓸 수밖에 없었던 갈등이 유난했던 시절들의 시를 모은 것이다.°

이후 시인은 질병과 싸우면서, 번역으로 생계를 유지하면

° 유년기·청년기 시절은 최승자의 산문집 『한 게으른 시인의 이야기』(책세상, 1989)를, 대학 시절은 이남호의 「진실의 추한 모습」을, 직장 생활과 등단 무렵부터는 이상회의 「사랑과 죽음의 전문가」를 참고하여 재구성했다.

서 꾸준히 시를 써왔다.°

지난해 겨울, 대산문학상 시상식이 있던 날, 뒤풀이를 끝내고 포항으로 다시 내려가는 최승자를 배웅하며, 나는 그 가냘픈 어깨에 얹었던 손을 다시 거둬들였다. 허공에 뜬 가랑잎을 쥐는 것만 같아 힘주어붙잡을 수 없었다. 이 욕망의 거리에서, 아무것도 쌓아둔 것이 없고, 아무것도 기대하는 것이 없는 사람만이 마침내 그 슬픈 어깨를 얻는다고 해야 할까. 끌어안기조차 어려운 이 어깨, 그러나 어쩌면 우리가 마지

° 시집 『내 무덤, 푸르고』, 『연인들』(문학동네, 1999), 『쓸쓸해서 머나먼』(문학과지성사, 2010), 『물 위에 씌어진』과, 시선집 『내게 새를 가르쳐 주시겠어요』(문학과비평사, 1989), 『주변인의 초상』(미래사, 1991)과, 산문집 『한 게으른 시인의 이야기』, 『어떤 나무들은―아이오와 일기』(세계사, 1995)를 출간한 바 있다. 번역서로는 홍성사 시절의 『울어라 사랑하는 조국이여』(엘런 페이튼, 1983)를 비롯하여 『죽음의 엘레지』(빈센트 밀레이, 청하, 1988), 『워터멜론 슈가에서』(리차드 브라우티건, 민미디어, 1995; 비채, 2007), 『아홉 가지 이야기』(제롬 데이비드 샐린저, 문학동네, 2004), 『자살의 연구』(알프레드 알바레즈, 청하, 1992), 『짜라투스트라는 이렇게말했다』(프리드리히 니체, 학원사, 1994), 『중독보다 강한』(디팩 초프라, 북하우스, 2004), 『학교에서 가르쳐주지 않은 일곱 가지 지혜』(디팩 초프라, 북하우스, 2004), 『침묵의 세계』(막스 피카르트, 까치글방, 1999), 『자스민』(바라티 무커르지, 문학동네, 1997), 『상징의 비밀』(데이비드 폰태너, 문학동네, 1999), 『혼자 산다는 것』(메이 사튼, 까치글방, 1999), 『빈센트, 빈센트, 빈센트 반 고흐』(어빙 스톤, 까치글방, 1996), 『굶기의 예술』(폴 오스터, 문학동네, 1999)을 출간했다.

막 기대야 할 어깨가 거기 있을지도 모르겠다.°

　이 짧은 연대기를 이 시집의 발문란에 다시 적어보는 이유는 우리가 잘 알고 있던 최승자를 좀더 잘 알기 위해서이기도 하지만, 최승자의 시원을 되짚어봄으로써 너무 멀리 흘러가버린 듯한 지금의 최승자를 좀더 우리 곁에 붙잡아두고 싶기 때문이다.

　최승자의 이 여덟번째 시집에 실린 '작품'에서, 우리가 반갑고 놀라운 경험을 또다시 겪게 될 가능성은 희박할지도 모르겠다. 하지만, 이렇게 살아왔고 또다시 이렇게 살아가야 할 한 시인의 근황으로 도착한 이 '시집'에 대해서라면, 우리는 기묘한 반가움과 놀라움으로 마주할 수밖에 없을 것이다. 『이 時代의 사랑』에서 여성이 주체로서 탄생하는 고통스러운 장관을 처음 목격했던 것을 되새겨볼 때, 지금 이 시집에서는 아마도 그것보다 더한 고통스러운 장관을 목격하게 될 수도 있을 것이다. 『물 위에 씌어진』의 해설에서 황현산은 "독기가 확실하게 제

°　황현산 해설, 「말과 감각의 경제학」, 『물 위에 씌어진』, p. 77.

203

거되"어 있고, "명사문이 아닌 문장들도 명사문처럼 보"
이는 지금의 최승자의 시작법을 두고서, "관념적인 것과
실제적인 것이 구별이 없어진 어떤 체험이 있었다고 오히
려 말해야 할 것이다"라고 했다. "그는 마치 이 세계가 멸
망한 다음날 아침 그 문명의 잔해들을 바라보고 있는 것
처럼 이 세상을 바라보고 있다"고 했다. "그는 외딴 섬에
조난당한 사람이 마지막 빵을 조금씩 아껴서 떼어 먹듯
이 말한다"고 했다. "우리에게 돌아온 최승자를 이해한
다는 것은 뼈만 남은 이 가난한 언어 속에 자주 등장하
는 '존재'라는 말을 이해하는 일이 된다"고도 했다. 이 여
덟번째 시집도 같은 맥락에 있다. 파국의 파토스가 문학
의 귀결점이라는 사실에 그 많은 시인이 동의해왔으면서
도, 한편으로는 파국의 파토스를 끝까지 수행해온 시인
을 우리는 목격해본 적이 없다. 최승자는 끝까지 살아남
아, 이 길에서 이탈하지 않은 유일한 시인이 되어 있다.
"그가 겪은 정신적 위기는 개인적 위기이기만 한 것이 아
니라 이 땅의 시가 멀지 않아 감당해야 할 위기이기도"°

하다는 걸, 우리는 최승자의 곁에서 예감할 수 있다.

　최승자의 시세계를 부정의 시학 또는 비극의 시학으로 읽는 것은, 방법적 부정과 방법적 비극으로 읽는 것은, 비천한 시어와 비천한 주체의 카니발로 읽는 것은, 추한 현실을 지독한 직시로 보여주었다고 읽는 것은 대부분 정당하지만 부분적으로는 부당하다. 부정과 비극이, 비천함과 추함과 독함이 어떤 원리에 의해 작동되었으며 어떤 예감에 의해 추동되었는지, 지금에 와서야 실마리가 제대로 보이는 까닭이다. 최승자만의 혹독한 예감이 리얼리티가 되어 있는 지금, 최승자가 '아픈 자'라면 우리는 '병들었지만 아프지 않은 자'[†]라고 표현해야 옳지 않을까. 최승자가 혹독한 예감에 시달리는 예민하고 건강한 시인이었고 자신의 상태에 대한 자각이 누구보다 정확했고 지금도 그러하다는 것을 받아들인다면, 지금의 우리는 도대체 누구일까.

○　같은 글, p. 80.

†　이성복, 「그날」, 『뒹구는 돌은 언제 잠 깨는가』, 문학과지성사, 1980, p. 63.

만장하신 여러분

나를 죽이고 싶어 환장하신 여러분

오늘 내가 죽는 쇼는 이것으로 끝입니다.

십 년 후 똑같은 시각에

똑같은 염통을 달고

이 장소로 나와주십시요.

　　　　―「無題 2」 부분 °

　위의 시에서 상정한 10년 후는 대략 1994년이었다.
최승자는 "죽는 쇼"를 그때 끝냈을지도 모르겠다. 이미
한 번 죽고 다시 살아나서 가까스로 시를 쓰며 연명해왔
을지도 모르겠다. 연명이라는 말에도 최승자에게 가혹
한 요청을 하고 싶다는 욕망이 담긴 것 같아서 고쳐 적어
본다. 최승자는 자주 아프지만 자주 회복했고, 회복할 때
마다 시집을 출간해왔다. 어쩌면 시집 출간을 준비하면
서 비로소 회복되어갔는지도 모른다. 지금으로부터 다
시 "십 년 후 똑같은 시각에/똑같은 염통을 달고/이 장

○　『즐거운 日記』.

2 0 6

소로" 우리들이 나간다면, 최승자와 거의 비슷한 모습을 하고 있을지도 모르겠다. 적어도 우리가 더 이상 죄 짓기를 거절하고, 최승자처럼 차라리 아프기를 각오한다면 말이다. 최승자는 "우리가 천사처럼 보이지 않는 것은/세상 환영에 속아 살고 있기 때문이다"라 말하고 있다. "우리는 人도 아니고 間도 아니다"라고 말하고 있다(「우리는」). 우리는 어떻게 살아가야 할까. 어떻게 살아야 人이 될 수 있고 詩가 될 수 있을까.

아무것도 원하지 않는 능력

── 페르난두 페소아, 『불안의 서』

> 어떤 사람은 커다란 꿈을 품고 살아가, 그 꿈을 잃어버린다. 어떤 사람은 꿈 없이 살다가, 역시 그 꿈을 잃어버린다.°

나는 페소아가 『불안의 서』를 잠들기 전에 썼거나 쓰고 나서 피곤에 겨워 잠을 자야 했을 거라고 짐작한다. 어느 쪽이 되었든 잠이 그다음 차례로 도사리고 있었을 거라고 짐작한다. 그 잠은 안온한 휴식일 리 없다. 그렇다고 악몽에 가까운 것도 아니다. 단지, 이 세상과 잠시 결별하기 위한 유일무이한 장치였다. 잠 속의 꿈은 페소아에게는 다른 세계의 또 다른 현실이다. "지나치게 몰입하여

° 『불안의 서』, 배수아 옮김, 봄날의책, 2014. 이하 이 책의 인용 페이지 표기는 생략한다.

경험한 삶"에 속한다. 어떤 이유에서였건 수면 직전에 씌어졌을 이 책은 어느 정도까지의 각성 상태에 인간이 도달할 수 있는지를 입증하려는 듯하다. 동시에, 지독한 각성 상태가 잠과 꿈과 가장 흡사하다는 것도 입증을 하려는 듯하다. 또한, 이 『불안의 서』의 페르소나인 '소아레스'를 이미 미쳐 있는 자이자 미쳐버린 지 너무나 오래되어 도리어 정상에 가까워진 자라고 간주할 수도 있겠다. 보통의 사람들이 정상적인 척을 하는 상태로 살아가고 있다고 파악할 때, 그런 사람들에게는 이미 관성이 되어버려 감지할 수 없는 것까지를 볼 수 있는 '진짜 인간'의 상태. 이미 미친 사람만이 도달할 수 있는 각성 상태.

이 각성 상태 때문일까. 그가 가장 즐겨 쓰는 말은 '피곤하다'는 말이다. '피곤하다'는 말만큼이나 '잠과 꿈'이란 말도 즐겨 쓴다. "어느 날 내가, 모든 예술을 하나로 합한 것만큼 천재적인 필력을 부여받는다면, 그때 나는 잠을 위한 찬가를 쓰겠다. 나는 잠보다 더 뛰어난 삶의 쾌락을 알지 못한다. 생명과 영혼의 완전한 소등 상태, 다른 모든 존재와 인간의 완벽한 배제, 기억도 환상도 없는 밤, 과거도 없고 미래도 없는 시간." 어쩌면 이 책이 "잠을 위한 찬가"가 아닐까. "나는 잠자는 듯이 글을 쓴다." "많은 사람들이 오직 지루하기 때문에 일을 하듯이, 때때로 나는 아무 할 말이 없기 때문에 글을 쓴다. 나는 꿈꾸는 상태에 빠진다. 생각하지 않는 자라면 그런 백일몽 속에서 자신을 잃겠지만, 나는 글을 쓰면서 나를 잃는다. 나는 산문으로 꿈을 꿀 수 있기 때문이다." 참혹하고도 가열찬 불안과 상념이 범람할 때에 그리하여 아무것도 생각하지 않는 것과 마찬가지인 것만 같은 상태가 될 때에, 그 무게로부터 완전히 달아날 수 없다면, 달아나는 일과 가장 닮은 행위는 그것에 대하여 무방비하게 감각하고 그걸 기록하는 일일 것이다.

가장 무방비한 감각과 감정을 기록하는 이 작업은 경전과 닮아 있다. 가장 인간적인 방식으로 경전에 도달하고 있다. 많은 경전과는 전혀 다르게, 그 어떤 경건과 거룩을 치장하지 않은 채로, 가혹한 경고도 없이, 멀고 먼

낙관도 없이, 그러니까 그 어떤 유토피아도 알짱대지 않는 경전.

언제나 전혀 알 수 없다는 결론에 도달한다. 전혀 알 수 없다는 결론에 도달된 모든 문장에서 오히려 정확한 것을 포착하는 듯하다. 이 (엉망진창인) 세계를 온전히 이해하기를 포기할 권리, 삶의 숭고함에 나를 헌납하여 삶의 노예가 되지 않기 위하여 체념을 선택할 권리, 그러니까 한없이 나약할 권리, 끝없이 불안할 권리, 권태로울 권리와 공허할 권리, 그리하여 질 나쁜 인간의 세상과 거리를 두고 질 좋은 고독을 향유할 권리를 얻어낸 쾌락이었다. 짐작과는 전혀 다른 층위의 해방을 맛본 쾌락이었다.

언제나 내 삶은 현실의 조건 때문에 위축되어 있다. 나를 얽매는 제약을 좀 해결해보려고 하면, 어느새 같은 종류의 새로운 제약이 나를 꽁꽁 결박해버리는 상태다. 마치 나에게 적의를 가진 어떤 유령이 모든 사물을 다 장악하고 있는 것처럼, 나는 내 목을 조르는 누군가의 손아귀를 목덜미에서 힘겹게 떼어낸다. 그런데 방금 다른 이의 손을 내 목에서 떼어낸 내 손이, 그 해방의 몸짓과 동시에, 내 목에 밧줄을 걸어버렸다. 나는 조심스럽게 밧줄을 벗겨낸다. 그리고 내 손으로 내 목을 단단히 움켜쥐고는 나를 교살한다.

나는 내가 가둔 자이며, 나는 나를 가둔 자다. 눈앞에서 열쇠를 흔들며 내가 죄수임을 상기시키는 간수이자, 간수의 관심을 얻고자 구석에 웅크린 채 옴짝달싹하지 않는 죄수다. 나는 나의 영원한 숙적이다. 세상의 피곤하고 추악한 모든 것과 결별하고 싶지만, 죄수이자 간수인, 숙적인 '또 다른 나'와 결별을 하는 게 우선일지 모른다. 어설픈 현자들이 내가 누구인지를 알아가는 여정이 곧 삶이라고 우리를 속여왔지만, 실은 내가 누구인지를 망각해야 하는 여정이 곧 삶일지도 모른다. 나를 맴도는 어설프고 주눅 든 나, 나에게 해로운 것만을 달콤하게 권하는 협잡꾼인 나, 나에게 위선 아니면 위악만을 가르치는 감독인 나, 나에게 거짓 눈물과 거짓 한숨과 거짓 웃음을 사탕처럼 던져주는 사육사인 나, 그래서 무엇을 하며 살아도 어딘지 모를 불안과 불쾌감을 그림자처럼 질질 끌고 다녀야 하는 나. 그 모습을 비웃는 구경꾼인 나. 그런 나와 결별을 하기 위해서는 내가 나라는 사실을 포기하는 것만이 방법일지도 모른다. 꽃나무가 더 이상 꽃나무이기를 포기하는 꽃 지는 계절처럼, 장마가 더 이상 장마이기를 포기하는 쨍한 다음 날 아침의 맑은 하늘처럼. 포기와 체념의 가장 자연스러운 방법을 알려면 막연한 낙관이 아니라, 더 현명한 환멸에 도착한 이후여야 하리라.

자신을 안다는 것은 길을 잃는다는 뜻이다. "너 자신을 알라"는 신탁의 말씀은 인간에게는 참으로 어려운 과제다. 헤라클레스에게 부여된 과제보다 어려우며 스핑크스의 수수께끼보다 더욱 불길하다. 의식적으로 자신을 모르기. 이것은 바로 방법이다! 양심에 따라 자신을 모른다는 것은 아이러니의 적극적 수행이다. 더 위대한 것을 나는 알지 못한다. 우리의 자기–자신–모름을 참을성 있게 그리고 강렬하게 분석

하고 우리 의식의 무의식을 의식적으로 기록하는 일. 독립적인 그림자의 형이상학, 환멸의 황혼을 시로 기록하는 일보다 진실로 위대한 인간에게 더 잘 어울리는 것은 없다.

그러기 위해서는 현명한 환멸과 치명적 환멸을 구별할 줄 알아야 한다. 자기감정을 탈수하고 자기 꿈을 독수리처럼 내려다볼 줄 알아야 한다. 그게 감정이든 꿈이든 나의 그림자이든 간에, 그것들은 나 없이 나타날 수 없는 하찮은 것이라는 사실, 나 또한 그만큼이나 아무것도 아니라는 사실을 알아채야 한다. 한 번쯤 욕망한 적은 있었으나 나와 인연이 아닌 사물을 대하듯이.

가족도 아는 사람도 하나도 갖지 않은 쾌적함. 그 기분 좋은 추방의 느낌. 추방된 자의 자부심과 막연한 희열이 집으로부터 멀리 떨어져 있다는 희미한 불편함을 둔화시킨다. 이 모두를 나는 내 방식으로 냉담하게 즐긴다. 내 정신적 입장 중 하나는 우리의 감정을 과도하게 평가하지 않고, 꿈조차도 내려다보기를 원한다는 것이다. 우리가 없으면 꿈도 꿈이 될 수는 없다는 기품 있는 자의식을 잃지 않는다. 꿈에게 너무 많은 의미를 두는 것은 결국 하나의 사물에게 너무 많은 의미를 부여하는 것과 같다. 우리로부터 파생되어 나왔으면서도 스스로 최대한 현실인 척 굴면서 우리의 절대적 호의를 당당히 쟁취한 사물에게.

『불안의 서』는 불안에 대한 갖은 해명에 지쳐 있는 누군가를 위한 책이다. 불안함에 대하여 충분히 숙고하여 불안의 편에 서 있지만 그 입장마저도 어딘지 모르게 불안한 누군가를 위한 책이다. 나와 나 사이를 커다란 괘종시계의 추처럼 똑딱이며 왕복운동을 하고 있어서 그 현기증마저 이제는 관성이 되어버린 누군가를 위한 책이다. 가끔은 나와 내가 나란히 벽에 기댄 채 헐렁하게 손을 잡고 앉아서, 창문으로 들어온 네모난 햇빛이 시간과 함께 조금씩 움직여 나와 나의 테두리를 온전히 가두는 느낌을 아는 누군가를 위한 책이다. 왜냐하면 이 책은 세상의 모든 현혹으로부터 완전하게 비켜서 있는 이야기이기 때문이다. 현혹의 무상함을 일깨우기 위해 독자를 현혹하지는 않기 때문이다. 이 책은 깨달음을 전달하기 위하여 독자를 현혹하지 않은 채 불모의 사막지대를 펼쳐 보이고야 만다. '이 아무것도 없는 사막이야말로 아름답기 그지없구나'라는 감동을 독자는 굳이 느낄 필요가 없다. 단지, 모든 고백은 "내 비루한 존재가 삶 앞에서 자신을 위장한다"는 현상을 견디기 위하여 적혔을 뿐이니까.

내가 멍청이 혹은 무식한 자로 여기는 어떤 인간에 대해 사람들은 종종 그가 인간의 평균을 뛰어넘는 능력을 발휘한다고 말하지만 나는 전혀 감동받지 않는다. 간질 환자는 발작이 일어나는 동안 초인적인 힘을 발휘한다. 편집증 환자는 일반인이 거의 도달할 수 없는 경지의 결론을 이끌어낸다. 종교적 광기에 휩싸인 사람은, 보통 선동가들이 할 수 있는 차원을 넘어서는 거대한 무리의 신자들을 주변에 모을 뿐 아니라, 선동가들을 따르는 무리에게서는 볼 수 없는 자질인

내적 확신까지도 심어줄 수 있다. 그러나 이 모두는 단지 광기는 광기일 뿐이라는 것을 증명한다. 꽃의 아름다움을 아는 나는 사막 한가운데서의 승리보다 패배를 더 선호한다. 사막에서의 승리는 오직 허상으로 인한 영혼의 현혹이기 때문이다.

페소아는 아무것도 원하지 않는 능력을 이 집필을 통해 연마했을 것만 같다. 왜 아무것도 원하지 않는 능력으로 가닿게 되었을까. '페소아는 왜 그렇게 했는가'를 탐구하기 위해 이 책을 읽어가다가 이제 나는 '우리는 왜 페소아처럼 하지 못하는가'로 넘어와 있다.

『불안의 서』는 그야말로 불안을 끝까지 가열차게 이야기하고 있지만, 불안을 이해하는 쪽으로 진행되지 않고 불안을 점령하는 쪽으로 진행되었다. 나는 주어진 패턴에 맞추어 뜨개질을 하는 사람처럼 이 책을 순서대로 두 번을 읽었다. "삶이란 타인의 기준에 맞추어 양말을 뜨는 것이다. 하지만 그러는 중에도 생각은 자유다." 소아레스라는 페르소나를 통하여 페소아의 문장들을 한 페이지 한 페이지 읽어갔지만, 나는 전혀 다른 시대의 전혀 다른 나라에서 살아가는 전혀 다른 한 사람의 멱살을 잡고서 그의 숨통을 조였다. 아귀힘이 드세질수록 그는 점점 작아졌고 그리고 홀연히 연기처럼 사라졌다. 그동안에 여전히 주어진 패턴에 맞추어 뜨개질을 하는 또 다른 내가 알록달록한 담요 하나를 다 떠놓고서 물끄러미 나를 올려다보았다. 좁은 방 안은 알록달록한 뜨개 담요로 점령되어 있었다.

방 안에 흩어진 여러 명의 나. 그 여러 명 중에서 가장 눈에 띄지 않는 희미한 누군가를 발견했다. "나는 나와 나 사이에 있는, 신이 망각한 빈 공간이다." 나는 나와 나 사이에 있어보기로 했다. 그냥 나와 나 사이에. 나와 나 사이의 빈 공간에. 신이 망각한 이 공간을 발견할 수 있어서 기뻤다.

소아레스가 저물녘을 사랑하듯이, 저물녘에 창 바깥

으로 바라보는 길거리 풍경을 사랑하듯이, 인간에 대해 회한밖에 남은 게 없는 듯한 그이지만, 익명의 사람들, 그 소소한 사람들을 사랑하듯이, 사랑할 수밖에 없는 것들을 사랑하듯이, 그 어떤 집요한 사색을 보낼 필요도 느끼지 않은 채로 그것들을 사랑하듯이, 나는 이 책을 읽는 내내 페소아를 사랑했다. 위대할 것도 없고 거룩할 것도 없고 카리스마도 없고 멋지지도 않았지만, 도리어 초라했고 궁색했고 연약했고 파리하기까지 했지만, 페소아의 페르소나 소아레스는 완전했다. 단지, 저물녘의 풍경처럼, 수만 수억 년을 우리 곁에 끊임없이 찾아와준 일몰을 읽는 마음이 되어 페소아와 독대했다. 아직도 지구 어딘가에 무조건적으로 사랑을 할 수밖에 없는 또 하나의 책 한 권이 있다는 사실과 사랑에 빠지게 되었다.

열정이 배제된, 고도로 다듬어진 삶을 살기. 이상의 전원에서 책을 읽고 몽상에 잠기며, 그리고 글쓰기를 생각하며. 권태에 근접할 정도로, 그토록 느린 삶. 하지만 정말로 권태로워지지는 않도록 충분히 숙

고된 삶. 생각과 감정에서 멀리 벗어난 이런 삶을 살기. 오직 생각으로만 감정을 느끼고, 오직 감정으로만 생각을 하면서. 태양 아래서 황금빛으로 머문다. 꽃으로 둘러싸인 검은 호수처럼. 그늘 속은 독특하고도 고결하니, 삶에서 더 이상의 소망은 없다. 세상의 소용돌이를 떠도는 꽃가루가 된다. 미지의 바람이 불어오면 오후의 대기 속으로 소리 없이 날리고, 고요한 저녁 빛 속 어느 우연한 장소로 내려앉는다. 더욱 위대한 사물들 사이에서 자신을 망각한다. 이 모두를 확실하게 인식하면서, 즐거워하지도 않고 슬퍼하지도 않는다. 햇살을 주는 태양에게 감사하고, 아득함을 가르쳐주는 별들에게 감사한다. 더 이상 존재하지 않고, 더 이상 소유하지 않고, 더 이상 원하지 않는다. ……굶주린 자의 음악, 눈먼 자의 노래, 우리가 알지 못하는 낯선 방랑자의 기억, 사막을 가는 낙타의 발자국, 그 어떤 짐도 목적지도 없이.

사랑함

어렸을 때 나는 어른들은 왜 놀지를 않는지 이상해 보였고 이해되지 않았다. 어른들이 노는 방법은 술을 마시는 것, 소파에 누워 텔레비전을 보는 것밖에는 없는 것 같았다. 옛 친구는 거의 멀어져가고, 새 친구는 생기지 않는 것으로 보였다. 그런데, 내가 어른이 되고 보니, 정말 그게 어른의 삶이었다.

내가 조금 더 컸을 때, 나는 어른들이 사랑도 하지 않는 줄 알았다. 밥을 먹고 잠을 자고, 일을 하고 피곤해하다가 휴식을 취하는 게 전부인 줄 알았다. 어른들은 사랑에 빠지지도 않고 사랑을 고백하지도 않지만, 영화나 텔레비전 드라마 속의 사랑에는 지나치게 열중했다. 사랑을 관람하는 일로 사랑을 대신하는 듯해 보였다. 그런데 내가 어른이 되고 보니, 정말 그게 어른의 삶이었다.

어른은 다치고 싶어 하지 않는다. 회복하는 힘이 자신에게 없다는 걸 잘 알기 때문이다. 나도 다치고 싶지 않은 어른이 이미 되어 있다. 다치고 싶지 않다고 해서 안전함만을 욕망해서는 안 된다고 매일매일 스스로를 설득하며 살고 있다. 가까스로 힘을 내어서 내게 가능한 용기를 동원하여 사랑에 대하여 공부했고 그에 대하여 조금씩 쓰기 시작했다. 이 글들은 내가 사랑에 대하여 쓸 수 있는 이야기의 아주 작은 시작이면 좋겠다.

공부를 하다 보니, 사랑에 대한 개념을 정리한 책들은 참으로 많았다. 사랑은 남성 철학자들에 의해 전유되다시피 해온 개념이었다. 명저로 알려진 많은 책 속에서도 사랑의 개념은 배워야 할 것만큼 배우지 않아야 할 것이 많았다. 그런 개념 속에서라면, 사랑은 불가능한 것이고 부당하기까지 하며 이미 버려진 지 오래된 허구에 가깝다. 가부장제의 화신이구나 싶은 저자를 만날 때면 그 글들을 진심으로 좋아하며 읽었던 지난날들을 상기할 수밖에 없었다. 좋아했던 것을 더 이상 좋아하지 않을 수 있는 나의 변화를 겨우 발견했다. 비참하기도 했지만 반가웠다.

내가 궁금했던 것은 사랑에 대한 개념이 아니라 사랑함에 대한 것이다. 내가 생각하고 있는 사랑함은 사랑과는 다른 얼굴이어야 한다. 사랑은 사랑을 재배하는 능력이어야 한다. 사랑을 돌아보고 돌보는 것이어야 한다. 사랑을 사랑해온, 사랑을 명사로 고정하는 사랑의 담론들에 비켜서서, 사랑이 더 이상 감정의 영역에 머물러 있게 내버려두지 않아야 한다.

우리가 학습해온 사랑은 아무것도 아니고 아무 힘도 없다. 하지만 사랑함은 그렇지 않다. 삶이 사랑을 방해하지 못하도록 삶을 다시 생각하게 한다. 세상이 사랑을 방해하지 못하도록 세상을 다시 생각하게 한다.

사랑에 대해 인용했거나 참고한 도서들

〈인용 도서〉

도리스 레싱 외, 『분노와 애정』, 모이라 데이비 엮음, 김하현 옮김, 시대의
창, 2018.

리베카 솔닛, 『걷기의 인문학』, 김정아 옮김, 반비, 2017.

벨 훅스, 『사랑은 사치일까?』, 양지하 옮김, 현실문화, 2015.

볼프강 라트, 『사랑, 그 딜레마의 역사』, 장혜경 옮김, 끌리오, 1999.

에마누엘 레비나스, 『시간과 타자』, 강영안 옮김, 문예출판사, 1996.

에바 일루즈, 『사랑은 왜 아픈가』, 김희상 옮김, 돌베개, 2013.

울리히 벡·엘리자베트 벡 게른스하임, 『사랑은 지독한 그러나 너무나
정상적인 혼란』, 강수영·권기돈·배은경 옮김, 새물결, 1999.

이성복, 『프루스트와 지드에서의 사랑이라는 환상』, 문학과지성사,
2004.

장 뤽 낭시, 『신 정의 사랑 아름다움』, 이영선 옮김, 갈무리, 2012.

정희진, 『혼자서 본 영화』, 교양인, 2018.

주디스 버틀러, 『젠더 허물기』, 조현준 옮김, 문학과지성사, 2015.

지그문트 바우만, 『고독을 잃어버린 시간』, 조은평·강지은 옮김, 동녘,
2012.

〈참고 도서〉

김애령, 『여성, 타자의 은유』, 그린비, 2012.

나탈리 앤지어, 『여자』, 이한음 옮김, 문예출판사, 2003.

루이-조르주 탱, 『사랑의 역사』, 이규현 옮김, 문학과지성사, 2010.

베스 L. 베일리, 『데이트의 탄생』, 백준걸 옮김, 앨피, 2015.

베티 프리단, 『여성성의 신화』, 김현우 옮김, 갈라파고스, 2018.

벨 훅스, 『남자다움이 만드는 이상한 거리감』, 이순영 옮김, 책담, 2017.

스레츠코 호르바트, 『사랑의 급진성』, 변진경 옮김, 오월의봄, 2017.

알랭 바디우, 『사랑 예찬』, 조재룡 옮김, 길, 2010.

엘리, 『연애하지 않을 권리』, 카시오페아, 2019.

이승연, 『팍스, 가장 자유로운 결혼』, 스리체어스, 2018.

일레인 N. 아론, 『사랑받을 권리』, 고빛샘 옮김, 웅진지식하우스, 2010.

자크 데리다, 『용서하다』, 배지선 옮김, 이숲, 2019.

정희진, 『낯선 시선』, 교양인, 2017.

정희진 외, 『한국 남성을 분석한다』, 권김현영 엮음, 교양인, 2017.

지그문트 바우만, 『리퀴드 러브』, 권태우·조형준 옮김, 새물결, 2013.

페기 오렌스타인, 『아무도 대답해주지 않은 질문들』, 구계원 옮김, 문학
동네, 2017.